Arthur Loustalot est né en 1988. Après un baccalauréat littéraire au lycée Henri-IV et une formation en philosophie à la Sorbonne, il décide de se consacrer à l'écriture. Son premier roman, *Nos fils aimés*, paru en 2010, a reçu un accueil critique chaleureux. Il vit à Paris.

DU MÊME AUTEUR

Nos fils aimés
L'Harmattan, 2010

Arthur Loustalot

LÀ OÙ COMMENCE LE SECRET

NOUVELLES

JC Lattès

TEXTE INTÉGRAL

ISBN 978-2-7578-3027-7
(ISBN 978-2-7096-3790-9, 1re publication)

À mes parents

« Les crevasses et les fissures du hasard, les craquèlements à la surface de la terre qui les appelaient, comme assurément tout doit être un jour appelé – ces fentes et ces lézardes qui prennent l'apparence ou le masque d'occurrences aléatoires plutôt que de desseins ou de structures préétablies, mais qui agissent néanmoins, juste sous la surface des choses, en de savantes combinaisons de besoin et de désir, de coût et de récompense – une orchestration de besoins prémédités et organiques, presque toujours en tout cas... »

Rick Bass, *La Vie des pierres*

Mon immortel

Dans la grotte humide où il a installé sa porcherie, à la lueur de l'ampoule blanche, Wu prépare la ration de ses verrats dans une des trois grandes cuves en acier rouillé. Il ne sent plus l'odeur aigre de la macération des cosses de haricots, des épis de maïs, des solutions d'urée et de la fumure de cheval. Les vapeurs dégagées caressent et font perler sur la peau ridée, burinée de son visage, quelques gouttes de sueur qui coulent et s'accrochent aux poils drus et parsemés de sa barbe. Il s'apprête à rassembler le fourrage destiné aux animaux, entend le faible cliquetis de ferraille d'une bicyclette sur le sentier caillouteux qui mène, passé le sommet de la colline, à Dangjiacun. Il ramasse son tee-shirt sur le sol, s'essuie le front avec, le passe et sort sur le petit plateau à flanc de coteau. S'il n'osait pas encore se fier aux sons des entrechocs métalliques, il reconnaît immédiatement, en la voyant évoluer en contrebas sur son vélo, la silhouette de Wang, le facteur. Cela fait maintenant onze jours que Wang n'est pas passé au village. Wu se languit d'avoir des nouvelles de son fils. Il enjambe l'enclos, s'assoit sur le muret en pierre qui borde le chemin, ne quitte pas Wang des yeux, comme s'il pouvait être un mirage solitaire dans la vallée jaune et déserte.

Le soleil de dix heures ne parvient pas à réchauffer sa peau, et Wu frissonne dans les tourbillons de vent prisonniers de la gorge rocailleuse. Il considère la distance séparant Wang de sa plate-forme tranchée dans le versant, puise dans la poche de son pantalon gris une pincée de tabac sec et la porte à sa bouche. Quelques brins noirs chutent et se mêlent aux gouttes dans la touffe blanche qui couvre son menton. Il chique lentement, essaie, grâce à ces mouvements de broyage, à la libération progressive de la substance amère sur sa langue et son palais, de diluer son impatience et son anxiété dans la perspective fuyante des vallons d'or, dans la promesse que ses yeux lui font de l'arrivée imminente du postier. Il se balance doucement d'avant en arrière, plonge de nouveau la main droite dans sa poche et ajoute du tabac dans sa bouche. Lorsque Wang arrive en sueur, essoufflé, sur le plat et s'arrête à une quinzaine de mètres, il résiste à la tentation de se lever et de courir vers lui. Les deux hommes se regardent en silence, et alors que Wang tire une pipe de la poche de son blouson et la porte à sa bouche, Wu crie en souriant : « Onze jours ! » Le facteur grille une allumette, fait pénétrer la flamme dans le fourneau en bois. La fumée qu'il dégage en soufflant dans le tuyau masque la majeure partie de son visage.

— Tu sais comment ça fonctionne, Wu.

La fumée se désagrège, il tire sur sa pipe, recrache les volutes de fumée bleutée.

— Alors ? lance Wu.

— Alors, quoi ? demande Wang en souriant.

Wu pouffe nerveusement, se lève et marche vers lui.

— T'es vraiment un bon salaud ! Allez, t'as quelque chose ?

Le facteur ôte la pipe de sa bouche, sourit plus largement, découvrant deux rangées incomplètes de dents brunes.

— Ah, ah ! J'ai bien une petite enveloppe de Zambie… Mais je sais pas si je dois te la remettre, ou monter à Dangjiacun la donner à Mme Ku…

— Un bon salaud, j'te disais ! s'esclaffe Wu, profondément soulagé. Donne-la-moi !

Le postier reporte la pipe à sa bouche et extrait la sacoche en cuir du panier avant de son vélo. Il l'ouvre doucement, fait jouer ses doigts à l'intérieur, en tire une enveloppe blanche. Wu reconnaît tout de suite le tampon postal de Lusaka, mais la calligraphie n'est pas celle de son fils, et l'enveloppe porte le cachet de la société chinoise qui l'emploie en Afrique. Une vague d'angoisse naît et gonfle en lui. Il la réprime, la dissimule, plie la lettre et la range dans sa poche.

— Bah alors, tu l'ouvres pas ?

— Tu crois que je vais lire mon fils devant un salaud comme toi ?

Wu esquisse un sourire maladroit.

— Ah, ah ! Tu me diras, alors, hein ?

Wu opine de la tête. Le facteur replace la sacoche dans le panier, se retourne vers le vieil homme : « À la prochaine, vieux ! » Il reprend la pente, diminue à mesure qu'il gravit le versant jusqu'au sommet. Wu se rassoit sur le muret de pierre, de nouveau vulnérable aux tourbillons de vent, sent la vague d'angoisse se nourrir en lui-même, gonfler encore. Il jette un œil au sommet, la silhouette de Wang a disparu. Il sort l'enveloppe de sa poche, déchire le rabat de papier collé, tire la lettre pliée en quatre. Le texte est court, la vague se brise.

Madame, Monsieur,

Nous avons la tristesse de vous annoncer le décès de Ku Zhijang, à la suite d'une blessure à l'abdomen survenue lors de la construction d'un pont près de Lusaka. Les clauses du contrat d'embauche ne comprenant pas le rapatriement, nous avons fait incinérer son corps sur place. Soyez sûrs que nous partageons votre douleur.

Avec toutes nos sincères condoléances,

La présidence et le personnel

« C'est une blague, fils de pute de facteur, c'est encore une de tes blagues, hein ? » hurle Wu en se levant brusquement. Il se dirige vers Wang, qui tire sur sa pipe, assis sur son vélo, à une quinzaine de mètres. « Dis que c'est encore une de tes blagues de merde ! », il trébuche, se rapproche du facteur. « Donne-moi la vraie lettre ! » Il abat son poing fermé sur la tête de Wang, mais le poing traverse le visage et l'image du postier disparaît. Il se souvient que le facteur est déjà parti, il ne sait plus, il est au bord du plateau. Le vide sous ses pieds, au loin l'infinie fuite des vallons, appellent à l'éclatement. « Ah ! » laisse-t-il échapper. Il tremble, chancelle, voit dans les contours sombres des crêtes, dans les rides grises de ses mains qu'il ouvre vers le ciel, la mort de son fils, mais n'a pas besoin de cette apparition car il vient de lire que son fils est mort. Il s'écroule sur le sol, la bouche ouverte et contractée, couche son visage effaré contre la roche, ne peut pas pleurer, ou vomir, ne peut plus accéder à l'expression, car tout en lui, son corps, son cœur, sait maintenant qu'il n'y a plus rien à faire. Il ne sort de sa stupeur qu'un court instant, où il lui vient à l'esprit qu'il va devoir annoncer la nouvelle à sa femme, replonge dans l'absence.

De sa main tremblante il pousse la lourde porte en bois vernis, se faufile entre le torchis et la cloison de pierre qui encadre la cour. Il ne sait plus comment marcher, se tient aux parois pour progresser sous la voûte. Sur la vitre en papier de soie, l'ombre énorme de sa femme frotte le linge dans la bassine, il s'immobilise. « Jiao, Jiao », l'appelle-t-il, pas assez fort pour qu'elle puisse l'entendre. Le regard perdu, il s'agenouille sur le sol pavé, hoche la tête de gauche à droite. Il lutte, cherche en lui, fixe l'ombre qui frotte le papier de soie, ignore ce qu'il fait lorsqu'il beugle « Jiao » de toutes ses forces. Il devine sa femme se retourner directement vers la cour, lâcher le linge et se mettre à courir. Elle le découvre gisant sur les pavés, paralysé. « Wu, qu'est-ce qu'il y a », crie-t-elle en s'agenouillant près de lui. Elle pose ses mains sur le torse de son époux. « Wu ! Dis-moi ce qu'il y a ! » Il lève les yeux vers elle, implorant : « Zhijang. » « Quoi ? » parvient-elle à demander en ramenant ses mains sur sa poitrine. « Zhijang », répète Wu en enfouissant sa tête entre les cuisses de sa femme. « Non… », lâche-t-elle comme une prière. Wu étouffe un cri. « Non ! » Elle éclate en sanglots, se sert le cou avec ses mains comme pour s'étrangler. Wu parvient par amour à se redresser, s'agenouiller et à la coucher sur lui. Il l'enlace, elle gémit et se débat. Elle colle sa tête, s'étouffe contre le torse de son homme, et lorsque les sanglots s'apaisent une seconde, Wu sait ce qu'elle va lui demander. « A-t-il souffert, Wu ? Est-ce que mon petit a souffert ? » Il imagine, se remémore les courtes lignes de la lettre, ment sûrement lorsqu'il prononce d'une voix qu'il veut douce et ferme : « Non, Jiao, je crois bien qu'il n'a pas souffert. » Elle presse sa tête plus fort encore contre son ventre, et Wu imagine douloureusement les contractions qui animent son visage lorsqu'elle recommence à pleurer.

Ils sont assis par terre dans la pièce principale, tout près des braises qui chauffent le four. Les paupières de Jiao, gonflées, couvrent ses yeux, et Wu ne sait pas s'il pourrait supporter son regard. Les braises crépitent, écorchent le silence dans lequel elle voudrait trouver refuge. « Il faut lui trouver une petite… », prononce-t-elle, un sanglot dans la gorge, « tu sais bien qu'il ne peut pas partir seul… On ne peut pas le laisser partir seul ! ». Les muscles du visage de Wu se crispent mais il cale fermement une main contre sa bouche. « Tu vas récupérer le corps, tu vas lui trouver une bonne petite, et on les brûlera ensemble, voilà ce qu'on va faire. Selon la tradition… Ils partiront tous les deux, et il pourra être heureux… » Les larmes qui coulent sur ses joues scintillent de reflets rouges. « Jiao… », murmure Wu, la tête baissée, en lui serrant fort la main. « Il n'y a plus de corps… » Elle retire brusquement sa main mais ne dit rien. « Ils ne pouvaient pas le ramener... Ils l'ont brûlé là-bas, en Afrique... On n'aura pas de corps. » Jiao se lève doucement, fait quelques pas dans la pièce. Elle se retourne soudain : « Je me fiche bien de ce que tu penses ! Tu vas ramener son corps ici, tu vas aller lui trouver une fille qui est partie seule aussi, et on les brûlera ! Leurs fumées se mêleront, et ils partiront ensemble ! Tu comprends ce que je te dis ? » Il avance vers elle sur les genoux, les mains jointes en prière sur l'abdomen. « Jiao... Il n'y a plus de corps, il n'y a plus de fumée. » Elle tremble convulsivement et le gifle en hurlant : « Je me fous de ce que tu penses, pauvre fou ! Tu ramènes son corps ici, c'est compris ? » Wu parvient à se relever, tente de l'approcher, elle le frappe encore : « Jiao, Jiao ! Écoute-moi ! Il a été brûlé en Afrique ! Plus de corps ! » Elle s'effondre sur le sol. « Ramène-le ici, ramène-le ici, ramène-le ici... » Brisé, il s'accroupit devant sa femme. « Je vais m'en occuper. Je vais partir et m'en occuper. Attends-moi là, quelques jours, je veux que tu m'attendes là et que tu ne fasses rien de mal... »

Elle lève son visage boursouflé vers lui. « Oui, occupe-t'en... C'est bien... Il ne faut pas qu'il parte seul, tu comprends... Occupe-t'en... »

Avant de quitter la maison, Wu se rend dans la pièce qui fut la chambre de son fils. Il marche à tâtons jusqu'au bureau, saisit la petite roche poreuse que Zhijang avait rapportée du plateau de Lœss. Il aimait tellement s'y promener… Wu ouvre son sac à dos, glisse la pierre entre les quelques vêtements pliés et les provisions d'oranges. Il ne peut pas rester bien longtemps. Dans la cour, les ombres de Jiao et de Chuang-Mu, voisine et amie des Ku, s'embrassent sur le sol. Alors qu'il s'apprête à partir, Chuang-Mu le rattrape et le prend dans ses bras. « Où vas-tu aller, Wu ? » Il recule, chuchote. « Hancheng… » Elle ouvre la bouche, mais garde le silence quelques secondes. « Tu es sûr ? » Il baisse les yeux pour seule réponse. Elle se rapproche de lui : « Et, puisqu'il n'y a pas de corps… je veux dire… » Il ferme les boutons en métal de son blouson bleu, ajuste sa casquette blanche sur sa tête chauve en fixant les pavés : « Je ne sais pas… Je me débrouillerai, Chuang-Mu. »

Sous la voûte épaisse des branchages épineux qui s'entremêlent, Wu grimpe vers le sommet de la colline. Il sème, parmi les feuilles mortes jaunes et rouges, les morceaux de peau de l'orange qu'il épluche. La voûte s'effile puis disparaît, la pente augmente, durcit la marche sur le chemin désormais pierreux. Wu arrive essoufflé à la cime. Il voudrait se retourner une dernière fois sur Dangjiacun avant de descendre vers la route. Il essaie de respirer un grand coup mais se sent asphyxié. Il imagine les reflets roses du couchant sur les tuiles des toits incurvés et sur les hautes branches vertes, la lumière qui meurt sur le versant de son village. Il n'a pas le courage de se retourner. Il entame la descente, ne s'arrête que pour ranger l'orange dénudée qu'il ne peut pas avaler, tirer de son sac le poème que son fils lui avait envoyé pour l'année nouvelle. Et même s'il le connaît par cœur, il commence à lire.

Ne te demande pas d'où tu viens,
Car il n'y a rien ici de commun avec là d'où tu viens.
Ne te demande pas si tu peux parler anglais :
Parle un anglais incorrect, on te reprendra et c'est comme ça que tu retiendras.
Ne cherche pas ceux qui te manquent…

Il souffre trop pour en achever la lecture, replie la feuille et la range dans la poche extérieure de son sac. Il se remet en marche, descend le versant jusqu'à la route de béton éclaté, l'emprunte sur la gauche vers l'arrêt de bus.

Il reste là plus d'une heure, debout près du panneau en métal indiquant Dangjiacun, et tremble de tous ses membres. La nuit enveloppe les collines et comble la vallée. Wu ne pense pas à chiquer, pas à grand-chose d'autre. Stupéfié par les ténèbres qui l'entourent, il attend que le bus accueille son corps inanimé et le porte jusqu'à Hancheng, au bout de ce qu'il est capable de subir.

Au fond de la vallée, un faible rai de lumière blanche point dans les couches d'obscurité, baigne la route au niveau du grand virage, puis se détache du bitume, révèle au loin le flanc de la colline. Wu distingue bientôt les phares du bus, deux petites boules floues qui s'épaississent en se rapprochant, absorbent la poudre de couleur qui plane encore dans la nuit. La portière coulisse en libérant une expiration sonore, puis Wu sent l'inspiration profonde du car et grimpe en trébuchant ; la portière se referme sans bruit. « C'est pour où ? » demande sans lui prêter attention le conducteur, un jeune homme frêle d'une blancheur maladive. « Hancheng », répond Wu d'une voix éraillée. Il cherche dans son sac à dos l'enveloppe brune qui contient son argent. « Ça fait un yuan et neuf maos. Y aura une pause de trente minutes à Heyang. » Les mains de Wu tremblent intensément, il tire un billet de deux de l'enveloppe et le tend au chauffeur. Le jeune homme le saisit, le porte à ses yeux, puis se retourne vers Wu, le dévisage : « Je veux pas d'embrouilles, vieillard. » Au moment où Wu veut marquer la surprise sur son visage, un spasme vient bloquer sa joue gauche et la torsion musculaire l'empêche de changer d'expression. « Hein, le vieux ? On se paye pas ma gueule, à moi. » Wu, pétrifié, se tasse sur lui-même, incapable d'exprimer son incompréhension. « Quand je te demande un yuan et neuf maos, t'essaies pas de me filer deux maos, ça va pas passer avec moi, vieil homme. » Wu tourne la tête à droite, à gauche, en diagonale, tente de sortir de son hébètement et d'expliquer qu'il y a erreur. Il s'affole, tend d'un geste gauche l'enveloppe au conducteur. L'homme fixe Wu, saisit l'enveloppe, en extrait un billet de deux yuans et replace le billet de deux maos à l'intérieur. « Tiens, ton enveloppe. Et je ne te rends pas le mao sur le ticket, parce que t'as essayé de me la faire. Va t'asseoir, et plus d'histoires jusqu'à Heyang. » Wu reste interdit, désorienté par la panique. « Tu vas aller t'asseoir, je te dis. Ne m'oblige pas à me lever. » Il parvient à agripper l'enveloppe dans les mains du conducteur, et avance en saccades vers le fond du bus. Il se cogne au passage contre un accoudoir, chute à la renverse sur une passagère qui crie. Le chauffeur se retourne brutalement sur son siège, se lève et vient empoigner le col du blouson de Wu. « J'avais dit plus d'histoires, vieillard ! Sors de mon bus ! » Les yeux de Wu s'agitent, ses lèvres se convulsent. Il se laisse chuter sur les genoux. « Oh, non... », murmure-t-il en joignant ses mains au-dessus de sa tête. « Oh, non... S'il vous plaît... Mon fils est mort... » Le conducteur le relève sans ménagement et l'assoit sur un siège, Wu colle sa tête contre la vitre glacée. Le jeune homme l'avise un instant en silence. « Dernière chance. » Alors que Wu croise les bras sur son torse et vibre de tout son corps, qu'il s'enfonce dans la frayeur, le bus démarre.

Les éclairs aveuglants projetés sur la vitre au croisement des lampadaires, le vrombissement assourdissant du moteur, son corps qui n'en peut plus de trembler, noué, courbatu comme s'il avait été roué de coups, et le froid... Le froid pénètre ses os et les perce de l'intérieur, glace le fond de ses yeux, ses yeux qui contemplent sans vie les linceuls blanchâtres qui plombent l'espace autour de la route, caressent la vitre, passent au travers et l'asphyxient... Épuisé, il ne trouve pas le sommeil, mais s'évanouit et revient à lui-même plusieurs fois, le temps de voir les éclairs briser les voiles blancs, illuminer les regards menaçants de la passagère de gauche. Le conducteur braille : « Heyang ! Trente minutes d'arrêt ! »

Il descend avec difficulté, la douleur dans ses cuisses le torture. Il fait quelques pas pour pénétrer dans l'enceinte de la gare routière, petit bâtiment de béton froid et pratiquement désert. Il est presque vingt et une heures sur la grande pendule, il boite jusqu'à la buvette éclairée au néon blanc et demande un thé. La serveuse ne doit pas avoir plus de treize ans et le scrute avec méfiance lorsqu'elle lui rend la monnaie. Il va s'asseoir sur l'un des sièges en plastique orange alignés en rangées dans la gare. Il se force à avaler les gorgées qui brûlent son palais et sa gorge. Une vieille femme s'approche et les effluves chauds de sa puanteur couvrent les filets amers de son thé. Elle s'arrête à son niveau et lève laborieusement ses bras à l'horizontale pour se maintenir en équilibre ; immédiatement Wu devine qu'elle est saoule. Son visage, déformé par les rides et les grimaces, est couvert d'une pellicule noire. Elle ouvre la bouche en trébuchant vers lui, et Wu fixe la seule dent grise fixée à sa gencive inférieure. « Vous allez où ? » jargonne-t-elle. Il ne répond pas car elle l'effraie. « Vous allez où, putain ? » « Hancheng. » Elle éclate de rire, il pense qu'elle va tomber lorsqu'elle fait un pas de côté. Elle se calme, abaisse la tête en le fixant droit dans les yeux. « C'est la ville de la mort. » Il finit son thé cul sec, replace lentement les lanières de son sac à dos sur ses épaules, se lève. « N'allez pas là-bas ! » hurle-t-elle. Il se met à marcher péniblement vers le bus.

Avant que le conducteur ne s'apprête à partir pour Hancheng, un jeune homme cogne à la portière et fait signe qu'il veut monter. La portière coulisse. De nouveau la longue expiration du bus. Wu entend le chauffeur gueuler contre le garçon, puis ce dernier vient s'asseoir près de lui. Il porte une chemise noire sous une veste en laine, une sacoche en plastique qu'il pose sur ses genoux. La portière se referme sans un bruit, le moteur s'emballe et le bus rejoint en quelques secondes l'autoroute de Xiyu. Un panneau indique Hancheng à quarante-neuf kilomètres. Le garçon sort un livre. Wu observe ses cheveux soigneusement peignés sur le côté, la gestuelle élégante avec laquelle il tourne les pages. « Vous êtes étudiant ? » Le jeune homme lève les yeux et répond que oui d'une voix douce. « Ah, c'est bien, ça…, ajoute Wu, vous avez de la chance. » Le garçon lui sourit, reprend sa lecture. Wu agrippe la manche de sa veste. « J'ai un fils du même âge que vous, à peu près. Il travaille en Afrique, en ce moment, en Zambie… » L'étudiant lève de nouveau la tête, gêné : « Ah… C'est bien. » Wu sourit et colle de nouveau sa tête contre la vitre. Il s'assoupit un peu, se réveille pour voir sur un nouveau panneau que la ville est à une trentaine de kilomètres. Il frotte doucement la buée sur le verre. À la lumière verte des projecteurs, il s'aperçoit que d'épaisses couches de particules noires bordent à présent la route. Le bus se rapprochant de Hancheng, ces couches s'épaississent, débordent sur le bitume, et le véhicule remue de plus en plus ces dépôts de poussière, qui s'envolent en tourbillonnant autour du car et se déposent sur les vitres. Wu sait exactement ce que c'est, il s'est déjà rendu à Hancheng une fois, deux ans plus tôt, et la crainte empoigne son cœur quand la poussière finit par couvrir entièrement la vitre. Il imagine les énormes cheminées des usines de transformation de charbon cracher leur épaisse fumée noire qui pèse sur la ville et couvre le ciel, et la poussière d'anthracite chuter sans fin.

Il n'y a plus que le vrombissement du moteur, la faible veilleuse au-dessus de sa tête, le balancement grinçant des essuie-glaces sur le pare-brise ; la crainte, et le désir, qu'il n'y ait pas de retour de la ville de la mort.

Wu est obligé de sauter du bus parce que le conducteur ne veut pas rester plus d'une seconde à Hancheng. Il est le seul passager à descendre. Enfoncé jusqu'aux chevilles dans la cendre noire, il réajuste sa casquette pour se protéger du crachin de poussière qui tombe sur la ville. Le bus part derrière lui. Il avise le décor et discerne au loin un immeuble insalubre dont l'enseigne, éclairée par la lumière diffuse de deux énormes lanternes noircies, indique « Auberge de la Gare ». Il n'aura pas le courage de marcher de nuit dans cette ville et de trouver mieux. Une pellicule grasse imprègne la porte en bois. Il a peur lorsqu'il cogne le heurtoir contre la paroi, son ombre vacillant sur la porte au gré des lanternes. Des bruits de pas traînants se rapprochent, Wu sursaute lorsque la petite trappe en bois coulisse brutalement. Des yeux noirs le sondent et lui demandent sèchement :

— Tu veux quoi ?

— Je… euh… cherche un endroit pour la nuit. Pour quelques nuits… J'ai de l'argent…

Le battant se referme brusquement, et le silence de plomb le renvoie à son angoisse dans ce paysage de décomposition taillé par les ténèbres. Des hurlements de femme, au loin. Il tremble, hésite, frappe une nouvelle fois la porte avec le heurtoir. Il entend cette fois le tintement mécanique du déverrouillage et la porte s'ouvre sur un homme adipeux, en sueur, aussi gras, noir et suintant que la façade de son hôtel. « Dépêche-toi d'entrer, lui dit-il sans un regard, c'est pas sûr la nuit. » L'homme referme la porte, pousse Wu au bout de l'étroit couloir, jusqu'à une petite salle ovale meublée du squelette d'un comptoir. Il passe derrière, pose ses mains grasses sur le pan, fait jouer ses ongles bruns et tordus sur le bois. « C'est quarante yuans la nuit. À payer comptant. » Wu tire l'enveloppe de son sac, en sort quelques billets, compte et tend quatre-vingts yuans à l'homme. L'hôtelier l'observe avec suspicion, finit par lever une de ses mains, qui laisse une flaque huileuse sur le pan de meuble, attrape les billets. « C'est pour deux nuits, alors ? » Wu déglutit, range l'enveloppe. « Peut-être plus, je verrai. » L'homme renifle bruyamment, s'essuie le nez avec le dos de sa main. « Ok. Premier étage, la deuxième porte à gauche. Chiottes et lavabo au fond du couloir. Et on tire pas la chasse ici. Les chambres ferment pas à clé. On veut pas de bruit, pas d'ennuis. Passé minuit, j'ouvre plus la porte. Donc on rentre avant. Ok ? » Wu acquiesce, et l'homme désigne l'escalier derrière lui. Avant de le quitter, Wu lui demande où se trouvent les pompes funèbres de la ville. Le visage de l'homme change d'expression, se crispe en un rictus menaçant. Il finit par déchirer un bout de papier sous le comptoir, inscrit le nom d'une rue. « C'est dans ce coin-là, débrouille-toi. » Wu prend le morceau de papier et le remercie. Alors qu'il pose un pied sur la première marche qui couine, l'homme le rappelle. « Et t'avise pas de venir crever ici, hein, pas de ça chez moi. Si tu comptes crever, tu vas ailleurs. » Wu hoche maladroitement la tête en signe de dénégation, monte l'escalier en se tenant fortement à la rambarde décharnée. Il plisse les yeux, tente de discerner quelque chose dans le couloir plongé dans le noir. Il progresse lentement en tâtonnant contre le mur de gauche, touche une porte, continue, une seconde porte. Il n'ira pas aux toilettes, ni se laver le visage au lavabo, il sait déjà que le trou regorge de matières en putréfaction que des insectes hybrides se disputent.

La puanteur dégagée par la chambre le fait reculer bruyamment dans le couloir. En bas l'hôtelier grogne. Il entre, les deux mains en avant pour ne rien heurter, trouve un fil sur la gauche, le suit de la main et tombe sur l'interrupteur, allume, découvre une petite pièce sale sous la lumière aveuglante du néon. Un matelas noir de crasse posé par terre, et le fil dénudé qui mène au néon comme décoration. Il avance, tressaille lorsque un rat s'échappe du matelas. « Oh ! » Une cinquième patte rose et imberbe, comme greffée au dos du rongeur, s'agite et griffe l'air en se contorsionnant. Sa queue annelée, inachevée, fouette le sol en décrivant des spirales alors que le rat s'immobilise dans un coin sombre de la pièce. Il veut le chasser, ne supporte pas la vision de ce cinquième membre. Doucement il ouvre la fermeture de son sac à dos, en tire une orange en tremblant, la balance dans le coin. Le rat fait un bond d'un mètre en braillant, découvrant deux incisives inégales et noires, et détale par la porte encore ouverte. En bas l'hôtelier hurle et cogne contre un mur. Wu va ramasser l'orange et s'empresse de fermer la porte. Son estomac se met à gargouiller lorsqu'il s'assoit, transi, sur le matelas souillé. Il meurt de faim, mais se sent incapable d'avaler quoi que ce soit. Il s'allonge tout habillé, transpire, ne veut pas trouver le sommeil dans cet endroit, ne veut pas s'endormir alors que la porte n'est pas verrouillée, se donner le droit au repos, il n'a plus droit à rien. « Je lui trouverai une fille avec qui partir. » Épuisé, il s'endort en serrant son sac à dos dans ses bras.

Il est tiré du sommeil à l'aube par des cris d'excitation provenant de la chambre voisine. Ses habits sont humides et ses cheveux trempés. Il s'assoit, ouvre son sac et en sort l'orange qu'il avait épluchée. Il se force à en manger trois quartiers, replace l'orange parmi les autres. Avant de sortir de la pièce, de descendre l'escalier, ignorer la présence de l'hôtelier, longer le couloir obscur et quitter l'immeuble, Wu se remémore les premières lignes du poème de Zhijang : *Ne te demande pas d'où tu viens, / Car il n'y a rien ici de commun avec là d'où tu viens…*

Il ouvre la lourde porte en bois, enfonce sa casquette sur sa tête. La ville de jour est tout aussi sombre que la nuit, plombée par les rejets des industries lourdes et les pluies incessantes de poussières noires ou argentées. Wu avance timidement vers l'arrêt de bus, le dépasse pour rejoindre le centre. Les seules personnes qu'il croise, pressées, cachent leur visage sous des parapluies couverts de suie. Il n'y a jamais de pavé ni de bitume, pas de végétation ni de perspective, seulement les couches boueuses de particules de charbon dans lesquelles il s'enfonce, les quelques sapins secs et brunis, le brouillard épais de l'air vicié qui brûle sa gorge et ses narines.

Il croise une petite épicerie, y pénètre en toussant et avance vers la caisse tenue par une vieille femme. « Bonjour… Vous pourriez me renseigner ? » Il lui tend le morceau de papier déchiré. Elle lit l'inscription : « Oh, pas très loin. Continuez la rue tout droit, et troisième à gauche. Près des fossés d'évacuation. Vingt minutes. Zone industrielle. » Il reprend le papier et la remercie. « Z'êtes tout seul ? » Wu opine. « Savez, c'est pas une zone sûre, là-bas. Z'avez vraiment pas l'air du coin. » Il baisse la tête et hausse lentement les épaules. « Vais demander à mon fils de vous accompagner », ajoute la femme. Elle se tourne vers l'arrière-salle et hurle : « Chang ! Chang ! Ramène ta sale tronche ici ! » Wu avance brusquement son bras pour lui faire comprendre que ce n'est pas nécessaire. Elle ne le voit pas et braille « Chang » de nouveau. Un homme d'une quarantaine d'années au visage asymétrique se présente à la caissière. Elle arrache des mains de Wu le morceau de papier et le donne à son fils. « T'accompagnes ce monsieur. Connaît pas bien la ville. » L'homme sort de la boutique et la vieillarde invite Wu à le suivre. Dans la grande rue, tous couverts de la même pellicule suintante de charbon, les citadins l'interpellent. Wu se tasse sous sa casquette, ne lâche pas son escorte d'une semelle. L'homme le conduit jusqu'à la rue qu'il cherche, un boulevard qui mène aux fosses d'évacuations chimiques, et plus loin aux usines elles-mêmes. Il redécouvre dans un frisson d'angoisse le paysage industriel. L'ombre noire des infrastructures, tellement noire qu'elle se dessine dans la fumée d'ébène qui l'enveloppe. Et derrière, trois gigantesques cheminées expirent des nuages de ténèbres. L'une d'entre elles rejette une fumée qui scintille comme une poudre dorée, mais l'or est vite absorbé. L'homme aux traits difformes lui demande où il va. « Je cherche les pompes funèbres », répond Wu, qui parvient difficilement à s'extraire de ce spectacle terrifiant. L'homme le prend par le bras et l'entraîne devant une porte d'immeuble, puis s'en va sans un mot. Wu frappe plusieurs fois, un jeune garçon vient lui ouvrir. L'enfant au nez rouge et rongé lui sourit. « Je cherche les pompes funèbres. » L'enfant le prend par la main, l'entraîne à l'intérieur. Il le mène au troisième étage, toque à une porte et redescend. Un homme en chemise rapiécée ouvre. « Je cherche les pompes funèbres. » L'homme le fait entrer et s'asseoir devant un bureau. « Vous avez pas l'air de la ville. Qu'est-ce qui vous amène chez moi ? » Il se gratte frénétiquement le cou, couvert de plaques rouges.

— Je cherche une jeune femme, répond Wu.

— Une jeune femme, quelle jeune femme ?

— N'importe laquelle, enfin, je veux dire... Qu'elle ait près de vingt-cinq ans et... Wu a un peu honte de l'ajouter. Et qu'elle soit... normale...

L'homme continue de se gratter le cou, fixe Wu avec insistance. Il se fend d'un sourire malsain.

— Je vois... On peut faire ça ici, mais ça va vous coûter un peu cher...

Wu comprend, panique, se lève.

— Non ! Non ! C'est pas pour ça ! Vous comprenez pas, mon fils est mort ! J'ai fait la promesse à sa mère ! Je veux dire, qu'il parte pas seul !

L'homme sourit plus largement encore, et Wu voit qu'il n'a pas de dent.

— Quoi qu'il en soit, ça va vous coûter cher.

— Peu importe, lâche Wu en se rasseyant, exténué. Il me faut un nom.

— Oh, j'ai bien un nom… Mais vous… Vous avez deux cent cinquante yuans ?

Wu sort l'enveloppe brune. Sa paupière gauche et sa lèvre tremblent. Il compte les billets à l'intérieur.

— Je n'ai que cent quatre-vingt-dix yuans.

L'homme arrête de se gratter, s'avachit sur le bureau, fait mine de réfléchir.

— Alors ça fera cent quatre-vingt-dix yuans.

Wu pose l'enveloppe sur la table. Après avoir recompté, l'homme ouvre un carnet bleu, recopie une adresse sur un bout de tissu. « Vous suivez la rue jusqu'aux fosses, vous traversez les fosses, c'est l'immeuble avant les usines. Y en a qu'un, pouvez pas vous tromper. Sixième étage, porte de droite. Bon courage, l'ami. » Il sourit encore et pointe la porte du doigt. Wu plie le morceau de tissu et le range dans la poche arrière de son pantalon. Il quitte l'immeuble, descend la rue jusqu'aux fossés d'évacuation.

De larges tranchées s'étendent sur des kilomètres, où se déversent les effluents noirs, gris, rouges et jaunes, toxiques. Wu a du mal à supporter l'odeur de putréfaction qui s'en dégage, est obligé de se comprimer le nez avec sa main droite. D'étroits chemins de boue parcourent les fossés, permettent de rejoindre la zone industrielle. Wu choisit celui qui est devant lui, commence à traverser prudemment. Il peine à avancer car il s'enfonce dans la boue, est attaqué par des nuages de moustiques affamés qui infestent les marais. Des scalps de pourriture végétale, formés de déchets et de plastique, flottent et éclatent à la surface de l'eau. Wu a envie de vomir, mais il n'a rien à rendre. Ses muscles lui pèsent de plus en plus, et il est effrayé, seul au milieu des fosses bruyantes et nauséabondes, parmi les nuées excitées d'insectes. Il arrive à la moitié du chemin et distingue les silhouettes de deux hommes qui marchent sur le même ponton de boue dans sa direction. Il s'immobilise. Les formes se rapprochent, un des hommes a un bras démesurément long. Ne sachant plus ce qu'il fait, il recule lentement. Ce n'est pas un bras, mais un bâton. Il panique et se retourne pour revenir sur ses pas, mais de l'autre côté une ombre progresse rapidement vers lui. Wu tourne la tête à droite, à gauche, évalue la distance qui le sépare des deux hommes d'un côté, et du troisième, de l'autre. Il pense à sauter dans la fosse, à sa femme, à son fils, tombe à genoux sur le chemin. Les deux silhouettes courent à vingt mètres et avant qu'il ait le temps de se mettre debout, le haut de son crâne est percuté. Il s'effondre et son visage inerte s'enfonce dans la boue. Il reprend ses esprits quand par réflexe il inspire la terre marécageuse. Il essaie de relever la tête mais on la rabat. On lui ôte de force son sac à dos et on le frappe aux jambes à coups de bâton. Il les entend ouvrir son sac et fouiller. Ils le retournent. Il ne voit pas grand-chose à cause de la boue, seulement la tête d'un des hommes, à présent couverte de sa casquette blanche, qui se rapproche de la sienne. « Tout ce que t'as ? » Un de ses compagnons sort les oranges et les vêtements, les passe au troisième. « C'est tout ce que t'as ? » répète l'homme en le giflant. Affolé, Wu hoche frénétiquement la tête de haut en bas, les yeux grands ouverts. Il regarde celui qui fouille le sac, le voit extraire la petite pierre poreuse de Lœss. « Oh non ! », arrive-t-il à beugler, en tentant de se redresser, de se mettre à genoux. « Pas la pierre, pas la pierre ! » Devant le vieillard agité de convulsions, bavant, ils ricanent en sautillant sur place. Il reçoit une nouvelle gifle, ne la sent pas, tout comme la bave brune qui coule de son menton. « Je vous en supplie, messieurs, pas la pierre ! » Il parvient à croiser les mains et à s'agenouiller complètement.

« Prenez tout sauf la pierre ! » Une troisième gifle s'abat. Un homme balance la pierre dans la fosse. « Non ! » hurle Wu en essayant de se lever. Il reçoit un coup de bâton dans le ventre, s'étouffe dans la boue. Lorsqu'il redresse sa tête, le visage tordu par la douleur et la haine, les yeux exorbités, les veines saillant sur son front et son crâne chauve, les hommes ont déjà détalé, et disparu derrière la brume. Wu se lève et saute en braillant dans le marécage. L'eau lui arrive au torse, et il tente en hurlant de rejoindre la pierre qui flotte à la surface, à une dizaine de mètres. Il progresse, la saisit et revient s'échouer sur le chemin de boue. Il frotte la pierre contre le col de son blouson, l'examine. Elle a diminué de moitié sous l'effet de l'eau et des rejets chimiques, il la sert violemment contre sa poitrine. Il se relève en gémissant tant les coups l'ont meurtri. Il trottine en boitant, lâche des râles aigus de peur, la pierre fermement tenue contre son torse. Sorti des fosses, il arrive devant l'immeuble, le seul immeuble qui s'élève devant la zone industrielle.

Ne te demande pas d'où tu viens…, se répète-t-il alors qu'il gravit l'escalier, harassé. L'écho des grondements sourds des usines se répercute dans l'immeuble, des piaulements parviennent des appartements. Il manque s'évanouir lorsqu'il arrive au sixième étage. Il claudique jusqu'à la porte de droite, s'apprête à toquer, se ravise. Il extrait le tissu trempé de sa poche. L'encre s'est presque totalement diluée sur le coton, il déchiffre le nom de famille, cogne. Une voix grave demande qui est derrière la porte. « Monsieur Majong ? », prononce faiblement Wu. L'homme ne répond pas, Wu insiste : « Je m'appelle Ku Wu. J'ai fait le chemin de Dangjiacun. Mon fils Zhijang est mort en Zambie. Il était célibataire et c'était un bon garçon. On m'a dit que vous avez perdu un être cher, vous aussi. Une jeune femme qui était également seule avant de partir… Zhijang était tout pour sa mère et pour moi… Nous voulons qu'il parte accompagné… » Il n'obtient toujours pas de réponse, et s'apprête à rouvrir la bouche, mais il comprend qu'il n'y a sûrement jamais eu d'espoir, que tout est maintenant aussi sombre que cette ville de la mort. Tout s'éteint dans sa tête et il s'effondre contre la porte. Dans sa torpeur il lâche : « Je n'en peux plus, Monsieur Majong… Je veux que tout s'arrête, tout… Cette ville… La vie… Je ne voulais pas qu'il parte seul. »

La porte s'ouvre et Wu sent des mains fermes le saisir au niveau des aisselles, le relever. L'homme le fixe avec profondeur. « Je m'appelle Kun, je suis le père de Shiang-Xi. Venez avec moi. » Wu suit Kun à travers un petit couloir. Il passe devant une pièce, un enfant s'agite sur les genoux d'une femme qui se balance sur une chaise. Avant d'entrer dans la chambre, Kun se retourne vers Wu. « Elle était en très mauvais état. On a fait ce qu'on a pu… »

Wu est obligé de se faire violence pour ne pas hurler à cause de la puanteur. Elle est allongée sur le matelas, drapée jusqu'au cou d'une couverture rouge. L'estomac vide de Wu se rétracte à la vue de son visage, entièrement entouré de bandes blanches effilées, par endroit jaunies par les suppurations. C'est sa dernière chance. Kun se rapproche : « Vous savez, elle sera incinérée demain… » Wu baisse la tête avec tristesse. « Nous n'avons pas le corps de Zhijang… » Dans un coin de la pièce il aperçoit un petit tas d'affaires. Il demande du regard à Kun s'il peut s'approcher, l'homme acquiesce. Wu s'agenouille, soulève une boule de tissus colorés, trouve un petit pot en métal. Il dévisse le couvercle et découvre la poudre blanche à l'intérieur. « C'était la poudre qu'elle se mettait sur le visage, depuis plus d'un mois. À cause des infections, et… » Wu referme le couvercle et se relève. « Je peux la prendre avec moi ? » L'homme l'observe avec tendresse, accepte. « Et vous savez comment je vais au Fleuve Jaune ? » Kun le conduit hors de la chambre. « Je vais vous montrer. » Les deux hommes quittent l'appartement en silence, descendent l'escalier et sortent de l'immeuble. Ils suivent le contour des fosses près d'une demi-heure, arrivent au bout, au pied de vastes champs déserts de terre sèche et brunie. « C'est tout droit devant vous, maintenant. À une heure d'ici, peut-être plus. » Wu hoche la tête en silence, pour lui faire comprendre ce que les deux hommes ne sont désormais plus capables d'exprimer, puis se met en route, à travers les étendues à l'agonie.

Il tient la pierre dans sa main droite, la boîte en fer dans la gauche, ne sait plus depuis combien de temps il marche lorsqu'il entend l'écho sourd des remous du fleuve. Alors il se met à courir, de toutes ses forces. Il trébuche plusieurs fois à l'endroit où ses pieds cognent des pierres, chute et se remet à courir. Il passe à travers de hautes touffes de végétation, atteint les berges escarpées du Fleuve Jaune, le temps s'arrête. Au loin une embarcation disparaît dans une courbe du lit, pas une âme ne respire dans le paysage vallonné et ambré. Wu reprend son souffle en haletant, évalue la force du fleuve. Il se lance dans la pente, la dévale et perd l'équilibre, tombe dans l'eau. Tout près du bord, il a pied, est immergé jusqu'au nombril. Les bouillons dévalent, le cours du fleuve se rétrécit au loin et s'abîme dans son méandre. Wu voudrait reculer, remonter sur la rive et s'enfuir, mais il sait que c'est le moment. Il ouvre la bouche et place la petite pierre entre sa langue et son palais pour l'humidifier. Il fait coulisser le couvercle de la boîte en fer et le jette dans le fleuve. Il recrache la pierre dans la boîte, et avec ses doigts la fait rouler dans la poudre blanche pour l'en imbiber. Il lève la tête et prend une grande bouffée d'air. Son visage se crispe, et son cœur bat très fort, lorsqu'il commence à réciter.

Ne te demande pas d'où tu viens,
Car il n'y a rien ici de commun avec là d'où tu viens.
Ne te demande pas si tu peux parler anglais :
Parle un anglais incorrect, on te reprendra et c'est comme ça que tu retiendras.
Ne cherche pas ceux qui te manquent,

Sa voix se noue et quelques larmes coulent sur ses joues sèches.

Car s'ils existent encore en toi, tu t'écorcherais à les chercher en dehors.
Ne te demande pas ce que tu rates.
Tout ce que tu chérissais n'est plus qu'un rêve,
Laisse passer les journées sans y penser, et prie chaque soir, avant de t'endormir, pour pouvoir faire ce rêve à nouveau.

De sa main gauche il extrait la pierre, désormais lovée dans une fine pellicule blanche, et jette la boîte sur la rive. Il sert la pierre et plonge sa main dans l'eau. Les muscles de son visage se rétractent encore plus fort pour contenir son émotion. Petit à petit, sous la surface, il ouvre la main. La pellicule blanche se détache peu à peu, forme une aura qui stagne autour de la pierre. Il la sent résister, résister à la force du courant, et lorsque soudainement elle lâche prise et s'effrite, Wu craque et éclate en sanglots. « Oh, oh ! » Les poussières minérales se mêlent aux particules blanches, se frottent à elles et partent, dans le sens du courant, en une mince traînée scintillante. Wu pleure beaucoup en regardant la pierre épouser la poudre et le quitter à jamais. Au moment où la dernière particule s'échappe de sa main et file rejoindre les autres, il essaie de contenir ses larmes et lève la tête vers l'endroit où le fleuve meurt dans le paysage ; dans un souffle il murmure : « Mon immortel. »

L'ÉTONNEMENT DES CORPS

Allongée sur le lit, dénudée et en sueur, Abigail le regarde fumer sa cigarette, assis sur la chaise en bois en face d'elle. Ils viennent de faire l'amour pour la deuxième fois dans cette chambre d'hôtel de Marbella, mais à son sourire, il devine qu'elle en veut plus. Nino se concentre sur la fumée, sombre déjà dans la nostalgie, dans la peine, leur histoire s'achève. Ils ne pourront plus jamais danser ensemble. Elle fait glisser sa main droite sur son ventre et caresse ses seins pointus, porte la main gauche à sa bouche, intègre deux doigts qu'elle suce en le fixant.

Dans le patio des Myrtes, Paco de Lucía commence à jouer. Les oiseaux de l'Alhambra s'apaisent, l'eau verte de l'étang central reflète les allées de buissons et les portiques de pierre. Nino est assis sur la rangée de bancs juste devant le guitariste, transpire, les premières notes électrisent son corps. C'est la première fois qu'il voit jouer le virtuose. Il se crispe. La tension des accords tente de réconcilier l'eau, la pierre, la végétation, le désir et la souffrance. Les éléments, les émotions, résistent à l'harmonie, son cerveau le démange et il veut poser une main sur son sexe pour que la tension implose puis s'évanouisse.

Abigail ressort les deux doigts humides de sa bouche, les plie et les déploie doucement dans l'air pour l'inviter à la rejoindre. Il tire sur la cigarette, baisse ses yeux vers son sexe mou. Il n'y a pas grand-chose à regretter, ils ne pouvaient pas aller plus loin. Alors elle écarte les jambes et lui dit « viens là, regarde, une dernière fois ». Il va s'allonger sur le ventre devant son entrejambe. La main droite continue de pincer les seins, la gauche descend le long de son buste, passe sur la légère toison de poils taillée en triangle.

Les oiseaux reprennent leur chant, du haut de la tour de Comares qui s'élève derrière Paco de Lucía, il a un vertige. Il voudrait se lever, danser devant l'étang pour exprimer sa confusion, représenter la frustration générée par l'harmonie tendue. Mais il ne peut décrocher son regard de la danse des doigts de la main droite qui pincent les cordes de nylon, de ceux de la main gauche qui les doigtent sur le manche, dans la plus totale intimité.

Elle pose un doigt sur son sexe humide puis le lui tend, il veut le sucer mais le doigt lui échappe et se repose sur le sexe. Elle le fait glisser, lui fait décrire de petits cercles, ajoute un autre doigt, s'irrite, se fouille, se comble sans s'apaiser. À l'intérieur de lui-même Nino durcit et se contracte, mais sa queue reste molle. Il s'étourdit, les deux doigts se balancent de plus en plus rapidement, Abigail laisse échapper de longs soupirs frustrés.

Maintenant les accords d'*Entre dos aguas* s'effacent de sa mémoire, les corps le laissent sans émotion. Il boite, et ne sait plus ce qu'est le flamenco.

Nino fume sa première cigarette, elle a le goût du caramel car il a mis de la chicorée dans son café. C'est son anniversaire aujourd'hui, la cigarette le défonce un peu, il a quarante-deux ans. Dans sa tête les flux de nicotine font défiler les images du concert de Paco de Lucía, d'Abigail, qui s'était masturbée dans la chambre d'hôtel, avait posé un point final à leur histoire de danseurs. Il veut résister aux souvenirs lointains, échoue. Les images s'accumulent, se bousculent et s'organisent.

La salle minuscule d'un bar, une table et des verres vides, la silhouette d'une jeune femme. Quelques mèches noires, humides, bouclent autour de son visage, se collent sous les pommettes osseuses. Ses sourcils s'abaissent, une mince ouverture aux yeux d'un noir profond le questionne. Il est fasciné par son expression, ses traits, par les rides qui se développent déjà sur sa figure hâlée. Les plaques de sueur sur son cou suggèrent celles qui gisent sur ses jambes et sa poitrine. Ses origines gitanes sont évidentes. Elle ressemble aux légendes, aux figures imaginées. Ces femmes dures et libres, taillées dans la terre, Andalouses d'ailleurs, d'un non-temps. Leur beauté est révolte. Elle commence à parler, ils se rencontrent, ils cherchent tous les deux un partenaire. Elle s'appelle Abigail, ou Abi, comme il veut. Elle parle de ses influences, raconte l'histoire de Carmen Amaya, son idole. Elle évoque son périple pendant la Guerre civile, du Portugal à l'Argentine, les pays latins qu'elle a traversés pour arriver aux États-Unis. La force mentale dont elle a fait preuve pour ne rien céder à la vie. Abigail décrit le style purgé de la danseuse, mime les martèlements de pieds qu'elle a introduits dans son flamenco avec ses doigts sur le comptoir. Son enthousiasme est communicatif. Carmen avait été la première femme à mettre un pantalon pour danser. Elle réinventait les codes comme elle réécrivait l'histoire de sa liberté, celle de l'affranchissement des femmes, des mouvements de l'envie. Elle était sublime, il aurait dû voir comme Carmen était sublime. Pourtant Nino ne voit qu'elle, Abi, assise en face de lui et reposant sa pinte de bière, développant ses bras dans la discussion avec une fluidité totale, légère et libre, déjà forte.

Les images se dispersent, se transforment et se regroupent, leur défilement s'accélère. Peu à peu, dans la danse, ils font vraiment connaissance. Leurs corps se décalent, se transforment, trouvent les endroits justes où se placer. Les lieux secrets où la main s'arrête, par où le genou passe, où la nuque se courbe. Ces corps s'appellent et se rejettent sans sollicitation. Ils découvrent ensemble des espaces dans la connaissance du désir et de la frustration qu'ils ne soupçonnaient pas. Unis et séparés, ils dépassent leur capacité à contenir. Leur danse est celle de la répression douloureuse, et leur couple fait rapidement sensation. On les invite partout en Espagne, dans les festivals, les concerts, les spectacles où ils sont en tête d'affiche. Et puis il y a cette représentation à Marbella, ils vont plus loin encore dans l'insatisfaction, dans l'appel réprimé du désir, trop loin.

Ils n'en pouvaient plus, tous les deux, allaient perdre le contrôle. Ils n'avaient pas eu besoin de se parler après le spectacle. La danse avait discuté pour eux. Nino lutte contre les images mais sa résistance s'effrite un peu plus. Les élans de soie rouge l'attirent pour mieux le rejeter, les bras font semblant de cogner les sexes et de se blesser. Le combat contre le plaisir, contre l'angoisse de parvenir à un tel degré de condensation. L'envie permanente de la gifler, de la cogner, de l'embrasser sans relâche. Le besoin de hurler, quand sa main maltraite son sein devant des dizaines de spectateurs. Ils avaient conscience que leur soulagement marquerait la fin de leur danse en couple, qu'ils ne pourraient plus se contenir après s'être affranchis.

Ils avaient loué cette chambre d'hôtel à Marbella, avaient fait l'amour une première fois sauvagement, une deuxième tendrement, puis Abigail s'était masturbée devant lui.

Ils avaient commencé tous les deux une carrière solitaire, et Nino avait découvert seul, dans la danse, des endroits du corps qu'il n'avait jamais imaginés. Ses répressions l'emmenaient jusqu'à la perte, l'errance, le questionnement, le mystère. Dans un premier temps, ils avaient eu du mal à se voir sans se sentir gênés, embarrassés d'avoir encore envie d'eux-mêmes. Il y avait toujours, dans leurs maladresses, la peur, la volonté vulnérable d'aller plus loin, et la triste certitude que tout s'était achevé avant d'avoir pu commencer. Les contacts involontaires de mains en saisissant l'addition sur les tables des cafés, les regards inquiets lorsque l'attention de l'autre se portait sur un homme, ou une femme, les questions posées à demi-mot : « Tu penses à reprendre un partenaire ? » La route construite ensemble ne pourrait jamais mener à ce dont ils rêvaient. La tenir un peu dans ses bras pour lui, caresser ses cheveux, sentir encore le tabac dans son cou pour elle. Ils s'efforçaient pourtant de continuer à se voir, même s'ils se quittaient toujours un peu plus confus, un peu plus tristes. Et puis le temps était passé sur les blessures, et les déceptions. Ils ne se voyaient presque plus en tête à tête dans les cafés, mais dans des lieux animés. Avec de nouveaux amis, ils allaient au cinéma, à des concerts. Leur relation prit une nouvelle dimension le jour où ils dansèrent de nouveau ensemble, ivres dans un bar de Grenade. Elle devint sa plus chère amie, et la seule personne qui lui restât après son accident.

Nino parvient à fuir les démons sonores de cette nuit où sa vie a basculé ; les craquements d'os brisés, les tessons de verre qui creusent les muscles, l'asphyxie humide sur le tableau de bord. Treize ans après tout ça, dans son habitation troglodyte taillée dans la montagne d'argile de Guadix, son corps de danseur déshérité, réduit au silence de la gestuelle quotidienne, fête son anniversaire en versant un peu plus de chicorée dans son café. Il sent simplement avec gratitude les accords de Paco de Lucía quitter sa mémoire, les corps le laisser un peu plus encore sans émotion.

À la montée de chaleur progressive sur les parois d'argile, Nino sort de ses pensées. Le soleil a franchi le sommet de la montagne et commence à répandre sa lumière sur le flanc des Cuevas. Ses rayons font crier les tons verts, roses, bleus des maisons troglodytes sur un fond lugubre d'ocre abrasé. Nino redessine le décor dans sa tête. Le plateau irrégulier enfoncé sur un contrefort de la Sierra Nevada, les collines de terre friables, les routes de béton qui descendent vers Guadix puis remontent vers les montagnes. Il voit les chapelles et les palais de la ville, les terrasses des bars, des cybercafés et des fast-foods, les maisons de pierre et les centaines de grottes taillées dans les aspérités rocheuses, qui s'étalent autour du noyau urbain, se raréfient quand le relief augmente et que l'on s'éloigne du centre. La moitié des habitants s'affairent dans ces grottes, il veut sentir leur présence sous le sol, les locaux, les gitans, les égarés, les étrangers et les quelques touristes, des milliers de fourmis profitant de la tranquillité et du confort souterrains pour la majorité, s'enfonçant dans l'oubli pour les quelques autres. Aujourd'hui Nino ne vit plus de manière exotique et angoissée son excavation.

Quelques mois après sa sortie de l'hôpital, il avait atteint ses limites. Les douleurs au dos, au genou et aux hanches le torturaient. L'effet inflammatoire de la chaleur sur ses muscles et son cerveau, les souffrances infligées par les mouvements incontrôlables de sa dépression, les médicaments contre l'abandon le réduisaient.

Il ne parvenait plus à dépasser son dégoût du monde animé, des corps fluides qui traversaient Séville et qu'il maudissait de sa fenêtre, et son aversion pour son propre corps, éparpillé, cherchant toujours à se séparer davantage. Alors il était parti à Guadix et avait acheté une maison troglodyte. Les premières années, Abigail lui rendait visite, faisait ses courses une fois par semaine, et il n'avait pas besoin de sortir. Il avait arrêté les médicaments et la douleur s'était peu à peu transformée, effacée comme le monde qu'il ne voyait plus. Pour survivre et attendre la fin, il vivait à demi mort, en sursis, en suspens sous les couches habitées. Il avait conscience qu'il avait procédé à son propre enterrement.

Il est approximativement onze heures, l'âne brait et tire sur sa bride à l'entrée de la grotte. « Je sais, je sais ! » crie Nino en se tournant vers la porte.

De sa main gauche il saisit la béquille de bois calée contre la table. Puis il lève le bras droit, tâtonne le mur, trouve la corde épaisse qui le parcourt. Il s'y accroche et dans un effort simultané de pression sur la canne et de traction sur la corde, parvient à se lever. Debout, il s'appuie de tout son corps sur la béquille pour établir un équilibre. Son genou gauche est douloureux, il se concentre sur la main libre qui doit aller accrocher la tasse sur la table. Il trébuche et se cogne contre la chaise, prie pour ne pas tomber. Le braiment éraillé de l'âne brise le silence. « Deux secondes, merde ! » hurle Nino, en sueur. Il prend la tasse, progresse par à-coups en déplaçant la canne vers l'avant, se traîne jusqu'à la cuisinière. « Tu permets, non ? »

Il ferme la porte, offre son visage aux éclats de lumière reflétés par la roche. L'âne tire sur sa bride et se rapproche de lui, le taquine en le bousculant légèrement avec son museau blanc. Nino tapote sa tête entre les yeux. « On va y aller, mon grand. » L'autre main s'écrase sur le bois de la béquille. « Tu sais que c'est mon anniversaire, aujourd'hui, vieille bourrique ? » Nino caresse la croix de robe blanche qui parcourt son dos gris. Il vérifie que les sacoches tiennent bien sur ses flancs. L'âne le bouscule de nouveau d'un coup de tête et Nino doit pousser très fort sur la canne pour ne pas s'appuyer sur son genou.

Huit ans auparavant, Abi avait frappé à la porte de sa grotte alors qu'il l'attendait pour déjeuner. Il avait découvert la créature à ses côtés, « qu'est-ce que c'est ? ». Elle avait ri en lui répondant : « Un âne. » Il lui avait demandé ce qu'elle foutait avec. « C'est pour toi. » Ses yeux noirs ne plaisantaient pas. « Qu'est-ce que tu veux que je fasse de cette chose ? » Elle avait accroché la bride à la poignée de la porte, bousculé Nino pour entrer dans la maison. Elle s'était montrée sévère quand elle avait commencé à lui expliquer ce qu'il allait en faire. Elle ne lui ferait plus ses courses, la bête l'aiderait à marcher pour descendre en ville et à porter ses achats, lui tiendrait compagnie. Il fallait qu'il recommence à vivre un peu, qu'il arrête de se laisser mourir. Nino s'était énervé, son amie aussi avant de fondre en larmes. Il avait mis du temps à la consoler, lui avait répété cent fois qu'il acceptait l'animal. Dans un premier temps, il l'avait totalement ignoré. Il le nourrissait, l'utilisait comme guide et porte-bagages, mais décidait de ne prêter aucune attention aux signes bruyants qu'il émettait à l'entrée de la grotte. Et peu à peu l'âne s'était enlisé dans l'ennui, et dans le même mouvement Nino s'était attaché à sa présence. Il ne voulait pas partager des moments avec lui, se balader gratuitement ou jouer, mais s'était mis à lui parler, de temps en temps. Au début il trouvait ça stupide, mais les mots sortaient tout seuls au contact de la bête, il s'était habitué.

Nino dénoue les lanières en cuir autour du cerceau de métal. Sa main se crispe sur la bride. Il avance d'un pas, avise le sentier poussiéreux qui descend jusqu'aux ruelles de la vallée. « On y va doucement. » Une main s'étouffe sur la lanière, l'autre se sacrifie sur la béquille, deux points d'équilibre, et puis les pas, les pas saccadés doivent mimer la démarche claudicante de l'âne, se mêler au rythme des sabots de la créature qui trébuche sans jamais tomber.

Une demi-heure plus tard, ils ont atteint la place du marché, et Nino l'avertit : « Je fais les courses et on se casse. Pas de caprice. » En signe d'approbation, l'âne lève une patte avant et la repose doucement sur le sol pavé. « Je déconne pas. Tu sais qu'Abi vient déjeuner, et je veux pas la faire attendre parce que tu préfères traîner dans les ruelles. » Nino comprend qu'il l'a vexé, ils commencent le marché. Les courgettes pour le déjeuner, les fruits pour la semaine, Nino glisse le tout dans les sacoches. Il commande du foin pour la bête, détourne la tête à chaque signe de sympathie des commerçants et des citadins qui connaissent son histoire et le croisent depuis treize ans sans jamais l'avoir rencontré. Il passe à la pharmacie réalimenter ses provisions d'anti-douleur, reprend avec l'âne, la lanière et la béquille, le chemin ascendant du retour.

Il est derrière la scène, l'observe, immobile, seule dans le halo du projecteur. La chaleur de Marbella en cette saison fait perler son front. Les spectateurs, des centaines, finissent d'applaudir, le guitariste dans l'orchestre commence à frotter les cordes. Soudain les bras d'Abigail s'allongent à la verticale devant elle, les poignets cassés laissent doucement mourir les mains. Elle avance un bras, fléchit légèrement l'autre, le bras plié se retend et le deuxième revient vers le corps. Elle réitère le geste, de plus en plus vite, les bras fusillent l'espace comme une mitrailleuse pendant qu'une épaule s'élève et que le corps se cambre, puis se courbe à gauche, en arrière, à droite. Les cheveux noirs se cassent et reprennent vie. Nino ne distingue plus les saccades de la fluidité des gestes. L'énergie qu'elle génère autour d'elle, l'histoire paralysante qu'elle raconte, toutes ses privations d'aboutissement, son appel, saturent déjà la salle de spectacle. Il doit bientôt la rejoindre, il a peur des endroits où ils vont s'inviter à se heurter et se faire du mal. Elle se penche légèrement en avant, un bras frôle la poitrine, l'autre va enfin chercher le rabat de la robe rouge. La légère mousseline de soie se dresse et se développe en griffant l'air. Abi se cambre encore et fouette l'espace avec les plis de sa robe, son bras gauche se tend en arrière, les doigts se rétractent, elle s'immobilise. Derrière la scène, la main de Nino s'élève seule, deux doigts légèrement pliés, se fige à quelques centimètres de son visage. L'autre main va se bloquer dans son dos, juste au-dessus des fesses. Les pas s'enclenchent, un-deux, un-deux, un-deux-trois, quatre, il s'arrête car il vient d'entrer en scène, les spectateurs se lèvent et applaudissent. Il s'approche d'elle, toujours cambrée et statique, lui fait face. Sa main se détend et tombe en saccade. Il fait brusquement chuter sa tête vers la gauche, la vue des nerfs du cou irrite sa partenaire. Alors tout se précipite. Les rabats rouges tournent et divaguent en cascade, la main libre d'Abi cogne son sein gauche avant d'agripper la mousseline, l'autre la lâche, le bras se tend et les doigts pliés menacent le visage du danseur. Il fait trois pas en avant, un mouvement brutal des épaules décale son torse, un bras se lève, frôle celui d'Abigail, puis s'abat en claquant la mousseline qui s'échappe. Elle s'éloigne et tourne sur elle-même, récupère en se courbant le bas de sa robe, ses jambes dorées se découvrent et dévoilent une petite entaille sur la cuisse que Nino n'a jamais vue – elle s'est coupée avant le spectacle pour le rendre fou. Il perd un instant le contrôle et résiste à croiser les jambes. Il commence à marteler le sol sur place, il l'attend. Ses bras se croisent au-dessus de lui, et il tourne la tête, colle son nez contre l'auréole qui s'étale sur sa chemise, sous l'aisselle gauche. Abi se stimule encore, passe la main près de la coupure sur sa cuisse et son index tendu indique à Nino qu'elle fouillerait sa blessure s'ils n'étaient pas sur scène. Il est en colère tant son sexe le brûle, fait un pas en avant, son pied cogne le sol : il lui ordonne de s'approcher. Alors elle revient, les couches de soie se dressent en roue et disparaissent, renaissent d'un vide près de la main crispée et se développent encore. Nino ne discerne plus le visage de sa partenaire derrière les traînées rouges. Elle est à un mètre de lui, il accélère ses mouvements, le fléchissement soudain de sa jambe gauche, les balancements rapides de sa tête d'avant en arrière, ses bras qui cassent le rythme, écartelés, de chaque côté du corps. Il s'étire et baisse le menton, la pointe du nez vers son ventre demande à Abigail de s'approcher encore, de frôler son sexe avec ses élans de soie. Elle s'exécute. Les dentelles tendues décrivent une courbe puis se couchent en effleurant Nino. Elles reviennent, le frôlent, l'irritent presque. Elle devient folle quand elle comprend qu'il est capable de ne pas bander. Alors leurs gestes se brutalisent. Dans les tensions de bras, les pas qui s'éloignent et reviennent, dans les courbures du corps et les tournoiements de soie, il y a pour eux des morsures de langue, des doigts qui s'enfoncent dans la chair. Des gémissements, des cris qui demandent et refusent l'orgasme. Les signes qu'ils expriment sont des codes dont ils ressentent la signification. Il se presse contre sa bouche, la force à lui offrir son haleine, elle fait étau autour de son cou pour l'étouffer. Il écarte violemment ses jambes et essaie de la retourner, et lorsqu'elle laisse traîner les rabats de la robe contre le sol, voilà ce qu'elle lui dit sans mot : « Reprends-toi, Nino, je ne t'ai jamais désiré. » Il la hait presque, s'éloigne et se fige, il n'est plus éclairé, se sent durcir. Abigail place la main derrière son dos, lâche la robe et relève le menton, la scène est plongée dans le noir. Le silence total est bientôt brisé par les spectateurs déchaînés,

Nino ne la voit pas, ne la devine pas dans l'ombre, mais il sait qu'ils vont se rejoindre.

Alors que les courgettes fondent doucement dans la poêle, douze coups rapides sont frappés à la porte. « J'arrive ! » crie Nino en faisant glisser la canne vers l'avant. Il ouvre la porte, les jets de lumière l'aveuglent puis se dissipent, révèlent le rouge sang de la robe longue. « Cette robe. » Elle sourit, demande subitement « quoi, cette robe ». Il réfléchit un instant, ouvre la bouche, rien ne sort ; il parle enfin. « Elle te va bien, c'est tout. » Les lèvres d'Abigail se rejoignent en un mouvement lent qui gêne un peu Nino, le sourire s'efface. D'un geste vif du bras elle montre l'intérieur de la grotte, il secoue maladroitement la tête, peine à décaler son corps contre le flanc de l'âne pour lui céder le passage : « Entre, bien sûr, je suis bête. »

Elle pose son sac contre la cuisinière et passe sa main dans la vapeur jaune et humide expirée par les rondelles de courgettes, contemple les traînées de fumée s'infiltrer entre ses doigts, aller s'échouer et s'étaler, se décomposer en silence contre le plafond d'argile. Elle retire sa main et se retourne soudainement. Nino est assis devant la table en fer, boit une bière à la canette. « Bon anniversaire, mon chéri ! » Il fait mine de rire. Elle coupe le feu sous les courgettes, vient s'asseoir en face de lui. Elle ne tient pas en place.

— Quoi ? lui demande Nino.

— Je pars dans trois jours, marmonne-t-elle.

— Hein ?

Elle se lève, se dirige vers la cuisinière, rallume le feu sous la poêle, le coupe de nouveau.

— Je pars dans trois jours.

Nino aimerait pouvoir la rassurer.

— Je croyais que tu avais refusé le poste…

— Eh bien… J'ai accepté, en fait… C'est une chance incroyable pour moi d'aller enseigner en France. Il n'y a plus rien, ici…

Il étouffe son visage dans sa main gauche.

— Nino ! C'est pas ce que je voulais dire ! crie-t-elle en venant l'enlacer par derrière.

Le visage s'asphyxie contre la paume, l'étreinte se resserre. Abigail embrasse son cou, lèche les poils drus sous sa mâchoire, elle finit par se décoller de son corps froid, revient s'asseoir en face de lui. « Je reviendrai te voir, tu sais… D'ici quelques mois. Et puis, on pourra s'écrire… » Il relève la tête lentement, pince et détache le filet de bave allongé sous sa lèvre. Cul sec, il vide la canette, elle le sent s'éloigner.

— Tu sais, Abi… Parfois, quand je saigne…

— Ne recommence pas ! Tu sais que j'ai pas envie d'entendre ça !

Elle pleure, maintenant.

— Tu veux que je te dise à quoi je pense quand je vois ces traînées rouges qui s'étirent sur moi ?

Elle se tourne vers lui, la rage soudaine dans les pourtours de ses yeux humides.

— À ton accident, à ton putain d'accident ! C'est ça que tu veux que je dise, hein ?

— Non, Abi, justement, non. Je pense pas à mon accident. Je pense à toi, toujours. Je pense à la robe rouge que tu portes aujourd'hui. Celle que tu avais mise pour notre dernière scène. Parce que ce soir-là, on s'est quittés, et tu es devenue la personne… La plus importante de ma vie.

Elle s'apaise, renifle, éponge ses yeux avec le torchon sale. Elle éclate de rire.

— Alors tu t'en souvenais, de cette robe ?

Nino contracte une moue crispée.

— Comment j'aurais pu l'oublier ?

Elle rougit, tremble et se lève, tire la table vers elle, la fait reculer d'un mètre et demi.

— Qu'est-ce que tu fais, Abi ?

— Ton cadeau d'anniversaire, dit-elle en contournant le meuble.

Debout devant lui, entre sa chaise et la table, elle attrape doucement le bas de sa robe et le soulève, ferme les yeux, lève rapidement sa tête en faisant pointer son menton.

— Abi, qu'est-ce que tu fais… Je…

La main relève un peu plus la robe, il aperçoit la culotte en coton blanc. L'autre bras est tendu dans sa direction, la paume de la main vers l'extérieur.

— Ton cadeau d'anniversaire, répète-t-elle en tremblant.

Ses talons claquent le sol en six temps, elle abaisse sa tête lentement, la rehausse brusquement. Un. Deux-trois-quatre. Cinq-six. « Je t'aime tellement », elle murmure. Les jambes se croisent, la robe les couvre et les dévoile de nouveau. Un morceau de la culotte qui couvre presque la fesse. La peau de soie dorée des cuisses, les traînées rouges dans l'air, les mouvements des bras qui séduisent l'espace puis se dérobent, les jambes qui réduisent la distance jusqu'à son corps. Le bas de la robe passe par-dessus sa tête, il est à quelques centimètres de la culotte, se rapproche instinctivement. Abi s'immobilise. Elle soulève et maintient la robe sous sa poitrine, s'approche encore, expire avec sonorité. Il relève les yeux vers son visage, observe les creux sous ses pommettes rougies par l'effort ; ses yeux le mettent au défi. Alors il fait descendre son regard. La poitrine qu'il imagine sous les plis de la robe, le ventre légèrement bombé, le nombril en demi-lune, la culotte qui suit les formes sensibles de son corps. Le silence est chargé de tension et de peur, il ne sent pas de montée de sang dans son sexe mais il s'enivre de la vision resserrée. Elle fléchit légèrement les jambes, son bras vient saisir le sien sur la béquille, l'en détache et le pose sur sa cuisse, lui fait décrire de petites caresses. Elle agrippe la main, fait passer le bout des doigts sous l'élastique de la culotte. Alors il voit une petite goutte se former et gonfler sous le coton, être absorbée en s'étalant. La tache humide s'élargit, la main progresse sous l'élastique. Nino resserre sa mâchoire, durcit un peu, il y a une pointe de désir et beaucoup d'émotion. Il s'émeut à la pensée qu'une femme puisse encore être excitée par son corps cassé, émet un faible gémissement. Alors Abigail ôte sa main de sa culotte, lâche la robe et recule d'un mètre.

Elle contourne la table, va saisir sur la cuisinière le manche de la poêle et la soulève : « Tu as faim ? » demande-t-elle avec tendresse. « Non... Et toi ? » Elle repose la poêle sur le cerceau en métal. « Tu veux une autre bière ? » Elle est gênée, il se rend bien compte qu'il la perd déjà. « Je veux bien une autre bière. » Elle sort deux canettes du frigo, les ouvre, s'avance et lui en tend une. Elle reste debout les yeux dans le vague. Il espère encore des paroles ou des gestes, voudrait peut-être se lever et faire glisser sa jambe jusqu'à elle, mais il ne peut plus rien se passer après ce qu'elle lui a donné. « Ton cadeau... », murmure-t-il sans lever les yeux. Elle lève une main pour le faire taire. Ils descendent leur canette sans se regarder, le silence couvre leurs deux corps d'une pellicule qui moule leur peur de s'arracher l'un à l'autre. Un mètre les sépare, mais il sent là une dernière étreinte qu'il n'arrive pas à briser. Un cri, des larmes, des mots ne peuvent plus les rapprocher, simplement la faire partir, car elle attend le signe qui rompra le lien. Ses mains tremblent en tenant la canette sur son genou, il essaie brutalement d'avoir une pensée, puis une autre, qui commanderait un geste. Il a l'impression de se jeter dans le vide lorsqu'il lâche la canette qui heurte le sol. Abi se redresse brusquement et comprend, recule encore. « Je crois que je vais y aller, maintenant... »

Il ne peut rien dire, il tremble trop. Elle se baisse et saisit son sac avec maladresse. Accroupie elle murmure : « J'en avais envie... » Elle se relève, ouvre la porte et disparaît, il entend qu'elle s'arrête, caresse peut-être l'âne une dernière fois, s'éloigne enfin.

Il pleure assis devant le vide laissé par la danse d'Abigail. Parce qu'il croit dur comme fer qu'elle va pleurer aussi et que ça va la faire revenir, et parce qu'il est sûr qu'elle ne reviendra jamais. Il la perd chaque minute un peu plus, la tristesse va chercher des sanglots lointains dans son corps. Un quart d'heure plus tard il s'apaise, tente de diluer son chagrin dans les légers tintements métalliques qui viennent du dehors, dans les souffles aériens qui s'engouffrent et sifflent contre les murs à l'entrée de la grotte, les piétinements de l'âne qui s'ennuie à mourir. Sa mâchoire se ressert pourtant et son visage se rétracte sur lui-même.

Il rouvre les yeux trop tard, le pare-choc percute déjà le muret de béton qui sépare les deux voies de l'autoroute. Il ne s'angoisse pas lorsque la tôle du capot se rétracte, l'arrière de la voiture se soulève, se soulève encore, passe au-dessus du muret. Il voit comme dans un rêve les choses aux contours flous, aux mouvements ralentis, les lumières confinées, diffuses, la voie d'en face se rapprocher à mesure que la voiture décrit un vol en demi-cercle. Peu avant le choc il sent son pouls battre dans son poignet coincé contre le volant, la panique monte en lui, tout s'accélère. Le pare-brise s'éclate contre la route, sa tête cogne le sol, s'écorche contre les débris de verre et le goudron en dérapant. La douleur à l'épaule et au genou poignardé par la tôle lorsque le camion percute à pleine vitesse la voiture retournée. D'autres percussions, la colonne craque, son genou se désarticule, le tranchant de tôle pétrit sa chair, les os se soulèvent et fendent la peau. Il suffoque en poussant des petits « non » lorsque sa rotule gicle. Le fémur se coince entre la portière pliée et le volant, alors que le tibia, et les muscles qui l'enveloppent, reliés au reste par les tendons à vif, pendent contre sa tête. Il s'asphyxie contre le tableau de bord ; les vertiges, le sang coagulé qui coule dans sa bouche et en sort jaillissant, l'empêchent de crier.

Nino est réveillé, trempé, par le braiment de l'âne. Il se recroqueville lentement en position de fœtus, caresse son genou gauche. Un doigt contourne la rotule en suivant les courbes épaisses des cicatrices polies, tapote pour tester les sensations. Il se redresse, éponge la sueur de son front avec le revers du drap bleu. Ses bras le long du torse, il applique ses poings fermés contre le matelas, pousse fort et, dans un mouvement de hanche qui fait craquer la colonne, parvient à pivoter. Ses jambes nues virent dans l'air, les pieds se posent sur le sol froid. De la main gauche il attrape la béquille calée contre la commode. Un effort de pression, il est debout, avance la jambe droite en boitant, sacrifice de la main sur la béquille, fait glisser la gauche pour la ramener à hauteur. Boite, glisse.

Il n'a pas remis la table en place, simplement décalé la chaise. Toujours ce vide laissé par Abigail, sa danse timide et sa mise au défi ; sa phrase, avant de partir, qui lui revient en tête dans un souvenir impeccable. J'en avais envie. Les émotions enfouies grimpent à ses parois, il voudrait arrêter leur ascension mais des mots, des gestes demandent à sortir par sa bouche, son genou ouvert ou son entrejambe. Il porte subitement une main à son sexe, l'enlève dans la même nervosité, avale une gorgée de café brûlant pour tout contenir. Mais dans un râle qu'il n'a pas commandé, des bribes de passé s'échappent de sa bouche. Amers, ils rendent son haleine fétide. Nino sent un goût de fer sanguin lorsqu'il fait claquer sa langue, puis celui du pourrissement lorsque les pores accrochent les premiers souvenirs ; il attrape de nouveau son sexe pour se protéger. La cage thoracique s'élargit, s'ouvre sur les centaines de spectateurs hurlant en chœur son nom alors que sa main ouverte se replace lentement devant sa tête. Les cachets payés en liasses dans les enveloppes brunes, les jeunes femmes qui l'attendent après les représentations, son nom en lettres noires sur les programmes. Il remonte jusqu'à sa première audition à l'Académie de Grenade, se remémore le travail et la sueur, le chemin parcouru jusqu'au ressenti. Il est jeune, tout prend vie, il trouve Abigail, l'harmonie, ils s'installent à Séville et deviennent célèbres. Il se souvient de ses parents qui dansent un slow, l'un contre l'autre, dans le jardin de la maison de vacances. Il régurgite, croit soudain avoir envie de rendre, mais c'est simplement les battements de son cœur qui s'emballent. Étrangement, ses souvenirs l'apaisent. Il se laisse aller, la chaleur augmente en lui, c'est la fierté qu'il éprouvait avec Abigail. Ils avaient atteint dans leur flamenco la tension vitale, la beauté, sans cesse renouvelée, de l'insatisfaction. Ils avaient écrit une histoire de l'envie.

Il se rend compte qu'il a toujours la main sur son sexe et qu'il a faiblement durci sous sa paume. La goutte s'étale sur le coton de la culotte d'Abigail, mais tout cela, les souvenirs, les émotions, l'épuisent tout à coup. Il veut se recoucher, ou plutôt s'étendre à l'entrée de la grotte, offrir son corps aux éclats du soleil, près de son âne morose.

L'âne brait si fort que Nino manque de chuter et doit se plaquer contre le mur. « Doucement, vieux… » Il se traîne dehors, l'animal renifle bruyamment. « Je sais, tu t'ennuies, doucement… » Il tapote son museau, saisit la bride en cuir, la suit jusqu'au cercle en métal accroché au mur où elle est nouée. Il pose sa béquille, agrippe le petit cerceau, s'y tient alors qu'il fait glisser son dos le long de la paroi pour s'asseoir. Il décale ses fesses pour être totalement exposé au soleil, l'âne brait de nouveau. Nino pousse un faible soupir. « Je n'ai pas envie de jouer, ok ? Je suis fatigué, l'âne, vraiment fatigué. » Il ferme les yeux et cherche la paix. Près de lui l'âne soulève une patte avant, puis frappe le sol de son sabot. Nino ouvre les yeux, tente de concentrer son attention sur l'avion qui très haut traverse le ciel azur en traînant derrière lui une barbe de nuages blancs. Mais il voit bien l'âne, à sa gauche, fléchir sa patte droite dans l'air, prêt à marteler le sol une seconde fois. « Pose cette patte. Tu n'as rien à gagner à te comporter comme ça, je t'ai dit que je me reposais. » L'âne, immobile, semble hésiter. La voix de Nino est plus autoritaire : « Pose. » L'animal renifle, tarde à prendre une décision, Nino décide de l'ignorer. Alors l'âne pousse un cri puissant, tambourine le sol à deux reprises, tout résonne contre les parois d'argile. Nino ferme instantanément les yeux. Son cœur claqué par le souvenir bat plus fort. Il est avec Juan dans une grotte du Sacromonte, une trentaine de spectateurs attendent les premiers pas en silence. Juan fredonne le début de son alegría, Nino laisse aller son corps.

Dans sa tête, il refait le chemin qu'il a parcouru seul pour arriver en haut de la colline. De la rue Elvira, les ruelles étroites de l'Albaicin montent en escalier vers le Sacromonte. Le soleil presque couché, il dépasse les petites maisons blanches d'où s'échappent les fumets de fritures, qui rejoignent les rejets du fleuve, les expirations des fleurs sauvages de l'Alhambra, et l'odeur de l'été. Il longe la muraille, la touche, la pierre rose est tiède. Il se laisse bercer par les écoulements d'eau, l'intrusion du vent dans les arbres qui froisse les feuilles, les cris des citadins. Sur la Plaza Larga, il achète au vieux vendeur ambulant, au milieu des terrasses de bars, des pommes de terre rôties qu'il mange sur la route avec une fourchette en plastique. L'ascension est parfumée par les vagues d'air sucré des cactus du Sacromonte. Les ruelles se confinent davantage, il se sent grisé car la ville le possède et le guide, il arrive en terre sacrée.

Les spectateurs gardent le silence, le chanteur ne cesse de murmurer « tiriti-tran », Nino claque le sol de ses talons, improvise un rythme insolite en trois temps, un des plus beaux rythmes qu'il eût jamais trouvés. Un-deux… trois. Un-deux… trois. Un-deux… trois. Il tourne lentement autour du chanteur et sur lui-même, en tapant cette mesure, transporté, sait au fond de lui, sans se le dire, qu'il évoque l'errance et la douleur sereine, la maladresse de la fragilité. Les paroles du chanteur et ses claquements de talons se confondent en échos dans la grotte, le temps s'intériorise et devient éternel, suspendu. Le braiment de l'âne et les claquements de sabots vibrent encore dans sa tête, alimentent la précision de la scène. Les résonances primitives de la langue, l'égarement du corps qui divague dans la grotte sombre du Sacromonte. Le soleil chauffe ses paupières fermées, répand dans son corps une onde qui protège la sensibilité du souvenir. Il lève sa main gauche vers l'âne. Mais soudain la scène en lui est moins réelle. Son corps tourne, sans grotte autour de lui, sans spectateur, sans même le chanteur qui l'accompagne. Il tourne encore, les échos s'étouffent dans sa tête, s'éteignent totalement alors que le corps disparaît. Il baisse la main gauche, ouvre les yeux.

Il inspire fort, sonde le ciel à la recherche de dernières sensations de nostalgie, dévisage l'âne en souriant. « T'es un drôle d'animal, tu sais ça ? » Il pose une main sur sa patte sèche.

L'âne doit comprendre qu'il a fait quelque chose qui a plu à son maître. Après un léger spasme, il lève sa patte droite, hésite, la repose. Il la fléchit de nouveau et cogne le sol à deux reprises. Pam-pam ! Touché par le geste, Nino éclate de rire. « Tu devrais essayer en trois temps, vieux... Ce serait bien plus nerveux », explique-t-il en saisissant sa béquille par le bout. Il la soulève, tape trois coups en mimant la rythmique qu'il avait trouvée au Sacromonte. Pam-pam… Pam. L'âne brait, tente de reculer. « Calme, vieux. Essaie ça », le rassure Nino, en cognant la même mesure ternaire. Pam-pam… Pam. L'âne s'immobilise totalement, et alors que Nino réitère le battement, il fléchit sa patte droite. Nino s'arrête. La patte tremble, puis s'abat, frappe deux fois. Pam-pam ! Nino rit à gorge déployée : « Mais non, l'âne ! En trois temps ! Un-deux… trois ! Allez, on reprend ! » Il soulève la béquille, lui montre de nouveau, l'âne donne deux coups contre le sol. « T'es têtu, hein ! » s'exclame Nino en se rapprochant. Il pose sa main sur le sabot de la patte droite, tente de le soulever doucement mais l'âne lui oppose de la résistance. « Aide-moi un peu ! C'est toi qui t'ennuyais, non ? » L'âne renifle, Nino essaie encore, mais la patte reste clouée au sol. « Tant pis ! » prononce-t-il en faisant mine de regagner sa position initiale. Alors l'âne plie la jambe. « Ah ! Tu veux jouer, maintenant ? » Nino pose sa main sur le sabot, l'entraîne doucement à terre, le fait cogner deux fois de suite et le repose. Il saisit alors le sabot de la patte gauche, le soulève, l'âne comprend et l'aide, le sabot heurte le sol. « Eh ben, tu vois ! » Nino recolle son dos au mur et prend la béquille, claque trois coups. « À toi maintenant ! Essaie tout seul. » L'âne fléchit sa patte droite, tape deux coups, la repose, soulève la gauche, abat son sabot. Pam-pam… Pam ! L'animal danse presque. Nino commence à taper dans ses mains pour l'accompagner. Il ferme les yeux pour s'imprégner des percussions, les chocs de sabots ne sont presque plus perceptibles à l'oreille, c'est de la musique qu'il entend. Alors il se sent prêt, ouvre les yeux. « Fouette plus encore ! » crie-t-il. Il saisit le sabot droit, l'entraîne, lui fait décrire une courbe. Le sabot vient brièvement cogner contre le sol en le râpant. « Oui ! Comme ça ! » Il recommence à taper dans ses mains une course effrénée qui rend plus vulnérables, plus beaux encore, les mouvements des pattes qui se soulèvent, deux fois pour la droite, puis une fois pour la gauche, et piquent la terre, décalées de la musique des mains, dans une hâte poignante.

Nino souffre soudain, car les percussions de l'âne, les ombres de ses bras qui lacèrent les parois d'argile, le vide jaune et bleu qui s'insinue, lui apparaissent comme des fragments d'âme qui lui ont été arrachés. Les choses qu'il ne pourra plus vivre, et les choses qu'il a manquées. Les mains se sont immobilisées dans l'air, les doigts se rétractent inégalement, tentent d'agripper ce qui s'échappe, mais les sabots continuent de battre le sol, les mains chutent. Son visage le démange, son ventre brûle. Il a mal, parce qu'il s'incorpore un peu. Dans un élan de panique il se dit que ce n'est pas l'accident qui a brisé son corps, mais toutes les répressions qu'il lui a infligées, tous ces jeux de désir puni qui ont eu une conséquence. Alors il se jette en avant vers les pattes, les enlace pour les bloquer. « Arrête ! Arrête, maintenant ! » Il reste longtemps dans la même position crispée, le haut de son corps recroquevillé autour des pattes. L'âne s'immobilise, la musique s'épuise dans sa tête. Nino se lève par à-coups, trébuche, glisse, boite jusqu'à la chambre, où il plonge dans un sommeil écorché.

Il fait toujours nuit, il le sait car il n'entend pas l'âne tirer sur sa corde, renifler ou braire, et parce qu'il fait encore un peu froid dans la chambre. Il se sent en sécurité, calme, sous les épaisses couches d'argile qui l'enveloppent et le protègent du monde extérieur. Mais pour la première fois depuis treize ans, il aurait envie que l'âne se réveille et lui fasse comprendre qu'il s'ennuie. Il sortirait alors, doucement, un café chaud à la main, lui apprendre d'autres pas. Pour qu'il puisse danser pour lui. Il le revoit passer d'une patte à l'autre et fouetter la terre. Les percussions des sabots et les claquements de mains, cet instant partagé. Il y a de la mémoire dans cet âne, autant de sensibilité et de liberté prisonnières qui vivent en lui. Une fragilité enfouie qui rend gauches ses mouvements. Ses pas n'atteignent jamais vraiment leur but, ne rentrent dans le rythme qu'un infime moment, sublime moment, et c'est peut-être ça, après tout, ce qu'il n'avait jamais compris. L'âne qui lutte pour se sauver de l'ennui, la musique du mauvais geste, la beauté éphémère du mouvement qui souffre, c'est le flamenco qui bat, sous les couches d'argile, dans la chaleur de la terre. Il voudrait se lever, sortir et réveiller l'âne. Tout réapprendre avec lui, se sauver avec lui, danser un peu, peut-être. Il voudrait tout recommencer, tout revoir maintenant qu'il voit mieux. Il voudrait… Et puis mince. Il a tout le temps, maintenant. Tout le temps, puisqu'il a envie.

Deux soleils

Le soleil se lève derrière les crêtes, inonde l'obscurité du ciel d'un halo doré. C'est le moment pour Javier d'éteindre les ampoules électriques. Puis il réchauffe le café dans la casserole cabossée sur la bombonne de gaz. Il le boit sur son balcon de fortune et observe le renard, à cent mètres, qui pratique son mulotage, ritualise le début des moissons. Les paysans ont fauché les champs, et leurs petits habitants à la fourrure touffue, aux longues oreilles et aux doigts atrophiés, cherchent maintenant le salut dans la fuite. Le renard immobilise sa trotte à la cadence ternaire. Il tend l'oreille, perçoit les petits cris des chinchillas apeurés, leurs grincements de dents, renifle leurs jets d'urine et la puanteur de leur sentiment d'agression. Il s'élance dans les airs et retombe sur le sol poussiéreux en agrippant une touffe de cactée. Son saut fait vaciller l'esprit mal réveillé de Javier. L'animal s'agite encore quelques instants sur sa proie, puis incline la tête, saisit le rongeur dans sa mâchoire et trottine de nouveau. Il devient un point flou et fuyant, disparaît en s'incorporant au paysage lointain de la chaîne dentelée des Andes, témoin intime du cycle perpétuel des moissons, des saisons, du temps. Cela fait six ans que le renard, à la même époque, officie sur les terres volcaniques de l'Altiplano, point lumineux sur fond d'éternité.

Javier avait accepté le travail dans les locaux austères de l'entreprise publicitaire située à Florida, quartier huppé de La Paz. Il avait essayé de ne pas trembler sous son vieux pull en laine, et avait répondu, aux mises en garde du responsable des ressources humaines, qu'il avait une famille à nourrir.

Son histoire était celle d'un homme en retard sur le système. Dans les années quatre-vingt-dix, il était vendeur de tournesols sur les marchés d'Ingenio, quelques dizaines de kilomètres au-dessus de sa banlieue, à l'extrême nord de La Paz. Dans son tracteur routier, ensemble composé d'une cabine bleue à laquelle était articulée une petite benne verte, il allait chercher les tournesols à Santos Reyes, dans le département de Béni. Une fois par semaine, il traversait la province de José Ballivian, les savanes denses de pâturages, et parcourait les centaines de kilomètres de routes de terre poussiéreuses. À Santos Reyes, il achetait aux paysans les lourds bouquets, parfois hauts de trois mètres. Il mettait plus de deux heures à remplir la benne, puis il rêvait un moment dans la cabine, avant de prendre le chemin du retour, en contemplant les éclats dorés des fleurs extérieures qui s'échappaient de la bâche. Le reste de la semaine, il lui suffisait en général de faire trois marchés pour parvenir à écouler son stock.

Mauricio, un de ses voisins, avait la même activité, mais la demande était suffisante pour que le commerce de l'un n'empiète pas sur celui de l'autre. Javier vendait aux particuliers comme aux grands éleveurs, aux usines d'agroalimentaire. La route hebdomadaire, les chargements, la vente sur les marchés l'épuisaient, et il gagnait juste assez pour nourrir sa famille et envoyer ses enfants à l'école, mais pour une raison qui lui était difficile à cerner pleinement, il aimait son travail. Il y avait quelque chose entre les plantes solaires et lui, un endroit imaginaire où il pouvait s'évader. Parfois, lorsqu'il rentrait tard, les lampadaires de la ville composaient des champs de tournesols mûrs, dont les capitules, lourds après avoir absorbé l'énergie du soleil, tombaient et faisaient courber le haut des tiges. Les choses, les lieux inaccessibles entre la nature et la vie urbaine, prenaient du sens. Il n'était ni paysan ni entrepreneur, simplement revendeur, et rêveur. Il subvenait aux besoins de sa famille, aimait ses tournesols, tout cela lui suffisait. Et puis un mardi matin, Mauricio avait déchargé, sur le marché, une cargaison de plantes deux fois supérieure à la sienne, affichant un prix de bouquets un quart moins élevé. Il avait expliqué à Javier qu'il avait réussi à mettre de l'argent de côté, pendant quatre ans, assez pour revendre son semi-remorque et investir dans un poids lourd d'occasion. Il pouvait acheter plus de tournesols, et le revendre moins cher. « C'est ça, le système, maintenant, lui avait-il dit. Faut voir toujours plus grand, être compétitif. » Devant la mine défaite de Javier, il avait posé la main sur son épaule et ajouté : « Le prends pas pour toi, vieux, c'est comme ça, maintenant. » Javier avait vendu deux bouquets, ce jour-là, aux derniers clients, après que Mauricio avait épuisé son stock. Il n'avait rien mis de côté, pas même quelques pièces. Il n'y avait jamais songé, s'était satisfait des petits rêves. Personne ne lui avait parlé de compétitivité, d'épargne ni d'investissement, et tout lui semblait à présent d'une logique implacable.

Pour gagner de l'argent dans l'urgence, il avait été successivement, pendant un an, interlocuteur téléphonique pour le service après-vente d'une société de desserts chocolatés américaine, homme de ménage dans une tour d'affaires de La Paz, convoyeur de fonds, cobaye médical pour une entreprise pharmaceutique. Au fil des rencontres, après de longs mois de chômage ponctués de travaux au noir, il avait obtenu ce filon et s'était retrouvé dans les locaux de cette compagnie d'affichage de Florida. Le responsable des ressources humaines lui avait parlé d'un panneau, d'un soda célèbre, d'ampoules électriques très chères, d'agressions, d'une cabane, et d'un contrat à durée indéterminée. Javier avait accepté et était rentré chez lui pour préparer ses affaires, il commençait le lendemain. Il s'était isolé dans la cuisine avec Camila, sa femme.

Elle avait remonté sa longue chevelure, drue et grise avant l'heure, l'avait ramassée en un chignon instable au-dessus de sa tête. Son expiration appuyée, presque humide, avait signifié deux choses dans la petite cuisine blanche. Qu'elle ne voulait pas le laisser partir, et qu'elle ne voyait pas comment ils pourraient faire autrement. Elle était triste. Il avait fixé les rares poils qui parsemaient ses pommettes, sa bouche en cœur qui se refermait, ses cils fournis qui cachaient les yeux. Puis il avait détourné le regard, s'était concentré sur la fenêtre dont l'ouverture était scindée en deux. En haut, le panorama tronqué de la route goudronnée, et en bas l'obscurité de la terre – la petite maison était située à flanc de colline, à moitié souterraine.

— Tu reviendras souvent ?

Sa main brune et sèche s'était immobilisée sur la bretelle de son débardeur rose et sale.

— Oh… Je ne sais pas. Autant de fois que je pourrai. Une fois tous les deux mois, peut-être. Tu es triste ? Tu sais, je peux continuer à me débrouiller… C'est juste que ça ne suffira pas longtemps… Je veux autre chose pour Sebastian et Xilona. Et pour toi… On mérite mieux que tout ça, non ? Oh, tu es triste.

Elle s'était mise à pleurer. Il avait levé le bras pour poser sa main sur celle de sa femme, mais Camila avait été plus rapide et l'avait devancé. Elle avait fait l'effort insoupçonnable de sourire.

La voiture de la société avait quitté l'autoroute, et Javier s'était senti arraché à son monde.

À Camila, à son quotidien dans sa banlieue nord de La Paz. Le jus d'orange que lui avait préparé sa femme, ce même jus d'orange qu'il buvait avec elle sur leur petite terrasse tous les matins, quand les enfants dormaient encore, serait le dernier. Arraché à Sebastian, sept ans, et Xilona, onze ans. Les chiffres comptaient, à présent. Les verrait-il grandir comme il avait pu le faire jusque-là, ou les nombres allaient-ils défiler au rythme de ses permissions, de ses retours à la maison ? Dans les contractions étouffantes de son sternum, il y avait l'angoisse de s'éloigner, devenir une absence douloureuse, et disparaître.

Après avoir roulé cent mètres et remué la poussière, la voiture s'était arrêtée devant l'enseigne publicitaire canonisant une grande marque de soda. La parcelle de route avait été spécialement tracée pour ériger ce panneau. Javier était sorti de la voiture, escorté par un employé de la société. Il avait levé les yeux vers l'enseigne culminant à près de vingt mètres, bien visible pour les routiers se rendant à La Paz par l'unique autoroute de Bolivie et pour les businessmen revenant tard de l'aéroport d'El Alto. Il avait ensuite tourné la tête à droite, à gauche, le regard toujours tendu vers le ciel. « Où est la cabane dont vous m'avez parlé ? » L'homme lui avait indiqué l'envers du panneau et Javier n'avait pas compris. Contournant le large pied en métal, il avait suivi les barreaux métalliques et rouillés jusqu'au bout, à vingt mètres de hauteur. Il avait découvert la cahute de bois, soudée à l'arrière de l'enseigne qu'il allait devoir protéger des vols et dégradations en tout genre. Chacune des grosses ampoules valait trois fois le salaire minimum.

L'employé était monté pour lui expliquer en quoi consistait sa tâche. Javier, le souffle coupé par l'escalade, était entré dans la guérite d'un mètre sur trois. Un matelas sale posé sur le sol, une petite table en bois, un fusil accroché au mur. Une autre porte sur la droite ouvrait sur un balcon de fortune accolé au panneau. L'homme avait passé la cabane en revue, puis exposé le travail à Javier avec le débit d'une mitraillette. Il suffisait d'actionner le courant grâce à un levier placé sur le mur métallique de la cabane derrière le panneau, afin que les énormes ampoules électriques illuminent l'enseigne la nuit mais aussi la journée lorsque la lumière du soleil était trop faible. La seconde partie du travail consistait à vérifier une fois par jour le bon fonctionnement des ampoules, en suivant la rampe métallique qui contournait le panneau. La dernière mission était la plus délicate : préserver les huit ampoules électriques, et les barres d'acier qui les soutenaient, des diverses tentatives de vol ou de déprédation qui s'étaient multipliées ces derniers temps. Javier avait suivi le regard de l'homme jusqu'au canon en acier du fusil accroché sur la cloison de bois. L'homme avait ajouté qu'on lui livrerait des provisions une fois par semaine. À cinquante mètres en suivant la route il trouverait une citerne où il pourrait puiser de l'eau et faire sa toilette. Il avait enfin tiré une bouteille de rhum de son sac à dos, et l'avait amicalement posée sur la petite table. Javier s'était concentré sur le souffle saccadé de l'homme qui redescendait le long du pylône, le glissement de ses chaussures sur les barreaux. Le crissement des pas sur les graviers, l'enclenchement du moteur et le dérapage des pneus. Il était sorti sur le balcon, minuscule ouverture qui offrait un panorama inédit sur la cordillère, les rives lointaines du Titicaca, les vallées de sel et la terre poussiéreuse de l'Altiplano. Il avait eu envie de pleurer en voyant la voiture s'éloigner, en pensant à sa femme, son fils et sa fille, à la vie qui allait continuer sur terre alors qu'il serait coincé à vingt mètres de hauteur, gardien d'ampoules électriques inondant le logo d'une firme étrangère... Il avait étreint la bouteille de rhum laissée sur la table qui enjambait l'extrémité de son matelas dégarni de ses plumes. Il avait bu au goulot, réveillé son corps glacé. Le soleil déclinait derrière les hautes cimes, étouffant dans sa chute les brûlures de la peau, et Javier avait dû prier, imaginer le visage de Dieu sur la façade sombre des montagnes, et boire de nouveau, pour se donner le courage de contourner le panneau sur la rampe métallique, d'allumer les ampoules électriques et d'attendre la nuit.

Lorsque les premiers limbes de nuit enveloppèrent la cabane, Javier sentit la peur infiltrer ses pores secs, fouiller ses muscles. Dans son dos, la chaleur des ampoules électriques s'amplifiait et le baignait d'une onde tiède. Il commençait à comprendre que cette chaleur ne suffirait pas à apaiser la terreur froide qui le saisissait. Sa panique n'était qu'une projection, celle de la panique elle-même. Son corps était agité de tremblements compulsifs, sa mâchoire resserrée à l'extrême et il se massait les joues avec ses deux mains. Il croyait que son sang ne circulait plus, avait commandé un mouvement de bras qui n'était pas parti. Alors il avait bondi en hurlant pour vérifier qu'il était toujours vivant. Il les avait entendus.

Toute sa vie d'homme, il pourrait se remémorer son effroi lorsqu'il avait perçu les cris et les rires hystériques. Il avait décroché le fusil, trouvé la force de sortir sur son balcon. Dehors, les rondins de bois enflammés s'amassaient, la troupe hurlante réduisant la distance qui la séparait du panneau. Javier était vite rentré, et avait prié Dieu si fort, en serrant le fusil dans ses bras, qu'il avait manqué suffoquer, tapis dans l'unique recoin sombre de sa cabane. Ils avaient encerclé le large pied métallique. Une dizaine de silhouettes scandées par les lueurs des flammes, qui dansaient en proférant des menaces. Il mourrait s'il descendait un jour de cette cabane, ils ne le laisseraient jamais dormir, il disparaîtrait un jour comme ses ampoules électriques. Ils avaient lancé des pierres, s'étaient tus, et Javier n'avait plus perçu de leur présence que le reflet des flammes qui léchaient les barreaux métalliques et torturaient les ombres dans la cahute. Le silence l'avait terrifié encore plus que les hurlements. Accroupi, il s'étouffait sur son genou gauche pour ne pas faire de bruit, la grimace affolée sur son visage ne se déformait pas. Il ne trouvait plus d'air, plus d'espace intérieur où se recueillir et s'échapper. À la moindre surprise, un mot, un couinement de semelle sur les barreaux humides, son cœur pouvait lâcher.

Alors le silence avait été lacéré des cris d'horreur d'une jeune fille suppliant qu'on la laisse partir, puis des hurlements d'une plus grande profondeur encore, humides et viscéraux. Les hurlements s'étaient étouffés petit à petit, réduits à des expirations de pompe mécanique mimant la cadence des pénétrations forcées au pied de l'édifice.

Javier finit son café, puis effectue sa ronde quotidienne sur la rampe pour vérifier qu'aucune ampoule n'a grillé pendant son somme de deux heures avant le lever du soleil. La cabane, haute d'un mètre soixante-dix, ne lui permet pas de se tenir debout. Il a dû sans cesse allonger la nuque au ras du plafond, pareil aux vigognes qui couchent leur long cou musclé sur le sol lorsqu'un orage de grêle éclate sur les plaines et les plateaux. Au terme de ces six longues années passées dans ce réduit perché, Javier a le dos courbé, les épaules arquées, la tête basse et penchée vers la gauche. Sa démarche est traînante, déséquilibrée par son litre de rhum quotidien et l'espace atrophié dans lequel il vit. Mais lorsqu'il traverse les trois mètres de sa cahute et qu'il monte sur la rampe métallique, il oublie le vertige et le déséquilibre, et malgré son dos bossu, contourne le panneau sans s'aider de ses mains, avec l'agilité d'un funambule. Pourtant, il rechigne toujours à passer du côté des ampoules électriques, de l'enseigne du soda, de l'autoroute qui expire les lignes de pollution grise qui se confondent aux nuages de poussière. Ce côté jure avec celui de sa cabane isolée, la vue imprenable sur la cordillère et les neiges éternelles, les vigognes qui raffolent des jeunes pousses, bossues comme lui sous le poids du temps, et les gamins qui ne viennent plus violer des filles ou torturer des pédérastes sous son panneau, et qui s'ennuient, s'ennuient.

Les ampoules sont encore brûlantes ; aucune n'a sauté depuis longtemps. Debout sur la rampe, devant l'enseigne, Javier fait l'effort de se redresser, de détendre ses vertèbres recroquevillées pour discerner le soleil qui s'échappe des crêtes et darde ses rayons. Il pose sa main gantée sur l'une des huit sphères de verre, et comme tous les matins, a l'impression unique de sentir le soleil contre sa paume. Il demeure là, quelques instants, attend que la chaleur de l'ampoule s'estompe contre son gant tandis que les rayons commencent à brûler sa peau tannée. Il distingue ces deux sources opposées, qui ne pourront jamais vivre ensemble plus que quelques instants éphémères, ces rares moments où il regarde le soleil et le tient dans sa main. Il y a le tournesol qui n'est plus qu'un rêve vécu, un jour, dans le ciel, un moment heureux qui ne se laissera plus jamais atteindre. Javier voit Camila, Sebastian, Xilona, dans les spirales de graines qu'il imagine, le temps où il pouvait être un mari et un père, un homme qui comprenait le sens de la vie. Dans sa main, c'est le moteur d'une époque qui demande le sacrifice, le soleil artificiel qui l'éloigne de tout ce qu'il avait pu connaître. Il y aura toujours deux côtés du panneau. Il est l'unique personne au monde à connaître leur point de rencontre, flou et fuyant.

À ce moment précis où bascule toute l'ambiguïté du monde dans sa tête, où il lui semble assister à un dévoilement des choses dans leur intimité, tout lui échappe. Sa tête retombe à l'endroit où le temps l'avait placée. Sur la poitrine, et penchée vers la gauche.

Il n'y a plus rien à faire de la matinée. Le renard ne reviendra pas, les voitures passent au même rythme. Les vieux journaux ont été lus, relus, les mots croisés achevés. Il garde toujours le lavage de la vaisselle pour l'après-midi, car dans la chaleur le temps s'étire encore davantage. Vient le moment d'entamer la bouteille de rhum quotidienne, de tourner un peu en rond dans la cabane, s'allonger sur le matelas, lorsque le corps lâche enfin, que les muscles se détendent et la tête s'évade. La première gorgée brûle, fait remonter un peu de café au goût de bile dans le fond de sa bouche. Il s'étend et s'assoupit, repense à toutes ces fois où il a trop bu pour oublier la peur et la violence, fuir sa cabane et voler vers la cordillère. Il se remémore la nuit où les pédérastes de la ville étaient venus au pied du panneau, lorsqu'il avait ingurgité deux litres d'alcool.

« Petit cul, petit cul ! » avait crié l'un d'entre eux, agenouillé devant les barreaux métalliques, avant de saisir dans ses mains la queue brûlante d'un de ses amis, de l'introduire dans sa bouche. Javier enchaînait les verres et ravalait les aliments en digestion qui remontaient. Il lui était insoutenable d'imaginer ces quatre jeunes hommes partouzer vingt mètres sous sa cabane. Il pouvait entendre trop clairement les soupirs poussés dans la fièvre, les cris d'excitations réguliers, dont l'écho se répercutait dans sa tête. « On monte, petit cul, et ça va être ta fête ! » Javier, accroupi sur son matelas, en sueur, avait dû régurgiter encore une fois, avant de puiser dans ses dernières ressources le courage de hurler. Alors le silence s'était fait, et il devinait que le premier agresseur avait immobilisé son escalade sur un des barreaux métalliques. Il avait serré les poings aussi fort qu'il le pouvait, se retenant de respirer pour rester alerte, prêt à saisir sa carabine, à tirer peut-être. L'un d'entre eux avait éclaté de rire et les autres l'avaient imité. « Tu vas morfler. » Après, tout était allé trop vite. Le premier avait rejoint la cabane en un rien de temps, suivi de près de deux autres. Javier n'avait pas pu tirer. À quatre dans la cabane, l'espace était trop étroit, trop minuscule pour enclencher avec force un mouvement de défense. Le coup de crosse du fusil vite arrêté, Javier avait été retourné, agrippé aux cheveux et cambré de force. Il hurlait alors qu'on essayait de baisser son pantalon, s'efforçait de lancer des coups de coude qui ne partaient pas. Brusquement, il s'était arc-bouté, projeté en arrière contre les jeunes hommes agglutinés. Il avait heurté de plein fouet l'un d'eux, qui avait eu le temps de se voir reculer, passer à travers la porte, de s'entendre crier en chutant le long du pied métallique. De sentir, peut-être, la commotion de son crâne dans le choc contre la terre dure, tout près du quatrième homme resté au sol. Les deux autres avaient braillé, étaient redescendus vers leur ami inconscient pour le couvrir de leurs larmes chaudes, avant de le traîner jusqu'à leur voiture et de repartir vers la ville. Javier s'était évanoui, ne s'était réveillé que pour vomir sur toute la surface vacante de sa cabane.

Après sa sieste d'une heure, Javier se ressert un verre. Le goût âpre des liquides qui remontent s'estompe, et Javier sent enfin avec gratitude la domination de l'alcool sur son corps. Les muscles qui soutiennent sa colonne tordue sont pleinement détendus, il peut faire craquer ses cervicales en penchant la tête vers la droite. C'est à ce moment-là qu'il sent son sexe durcir comme tous les matins, mais il n'y prête plus attention depuis déjà bien longtemps. Il n'y pense qu'une fois tous les deux mois, lorsqu'il peut se rendre dans la petite maison, autrefois son foyer. Alors il embrasse sa fille, étreint son fils de toutes ses forces, et va s'enfermer quelques heures dans la chambre avec Camila. L'amour s'est transformé, comme son corps en traversant les années, il le sait. Elle ne prend plus de plaisir, il se soulage quand il y parvient. La bosse de son dos, son haleine et ses gestes alcoolisés, son mutisme les séparent. Elle se laisse faire. Il n'y pense pas. Puis ils reviennent dans le salon. Camila lui montre les nouveaux achats qu'elle a pu faire grâce à lui, comme pour trouver encore une excuse, un argument valable, une justification à ce qu'il a laissé filer. Le lot de casseroles emboîtables, les chaussures de ville, les vêtements pour les enfants, parfois le maquillage. Les liaisons visuelles, les ressemblances entre la maison et sa cabane s'effacent progressivement. Il y avait la rouille sur les couverts et la saleté dans l'évier, les lattes de bois gonflées sur le sol. Il y avait peu de couleurs, pas de musique, aucune affiche aux murs. Toutes ces choses qui dans sa maison lui rappelaient sa cabane, et dans sa cabane lui faisaient penser qu'il était encore un peu chez lui, ont été jetées, remplacées, transformées. Un parfum fruité là où se développait l'odeur des poubelles, les casseroles qui s'emboîtent et brillent ne font plus écho avec ses récipients cabossés. Il veut discuter avec ses enfants, même s'il ne les touche plus car le contact les gêne. Il prend des nouvelles de l'école, essaie de leur parler d'avenir. Il pense aux gamins abandonnés dans leurs bidonvilles insalubres qui agressent et volent toute la journée, qui n'auront jamais le moindre espoir de s'en sortir. Il les connaît bien, à présent. Ils ont grandi à mesure que le temps passait, suspendu, dans la cabane. Vingt ans pour les plus vieux. Pedro, Jaja, Don, Rico, et d'autres qui n'ont pas de nom. Mais Javier a toujours le même discours, son monologue revient aux tournesols et au camion que s'était acheté Mauricio. « Aujourd'hui il est propriétaire d'une exploitation près de Santa Cruz. » Il les ennuie. Sebastian a onze ans et l'appelle par son prénom, il ne veut pas y penser. Pendant quelques mois, il se recroquevillait sur lui-même pour imiter la posture paternelle, la tête un peu morte, légèrement penchée sur la gauche. Il avait besoin de ce lien, il ne le fait plus. Xilona parle peu quand il est là, elle s'échappe dans des livres. Javier l'observe tourner les pages, l'amour est encore visible dans ses yeux car il est fier, même si ça lui fait mal, que sa fille sache lire.

Il peut imaginer leur soulagement à tous quand il retourne, le week-end passé, garder ses ampoules, mais il s'oppose à en souffrir. Il subvient à leurs besoins, insuffle silencieusement de l'espoir dans leur vie. C'était le choix qu'il avait à faire, son sacrifice.

Le soleil n'a pas encore tout à fait atteint son zénith. C'est l'heure de descendre, suivre la route sur cinquante mètres jusqu'à la citerne, faire une toilette rapide et les provisions d'eau. Combien de fois en six ans a-t-il descendu les soixante-quatre barreaux de l'échelle en métal, retrouvé la terre ferme comme un endroit de plus en plus insolite ? Combien de fois a-t-il ressenti cette étrangeté en posant un pied sur le sol, en même temps que venait l'étreindre une nostalgie confuse ? C'est une belle journée. Le soleil chauffe la peau et le vent frais l'apaise. Le calme règne sur la plaine, éloigne les doutes, l'impression poignante, parfois, d'être passé à côté. Javier boite le long de la route, le torse nu et la tête penchée. Il a enroulé sa serviette autour de son cou, cachant la bosse élevée par sa déformation. La cuve métallique est rouillée, couleur de cuivre et de sang. Javier pose la bouteille vide et le bac en plastique jaune sur le sol. Il ouvre le gros robinet. Les réserves sont rares, et souvent les gamins viennent se servir à sa citerne, le privant de ses trois litres quotidiens. Il perçoit l'écho de plus en plus fort de l'aspiration humide se répercuter contre les parois de la cuve. Aujourd'hui, il y a de l'eau. Il saisit le bac en plastique et le maintient sous le robinet. Les premières gouttes sont marron, diluant la rouille et la terre. Il emplit son bac de deux litres, le pose rapidement sur le sol et saisit la bouteille. Il cale le goulot contre la sortie d'eau, attend que la bouteille soit pleine. Il peut fermer le robinet, sort de sa poche un savon et un sachet en plastique, dont il tire deux pastilles blanches, une pour le bac, l'autre pour la bouteille. À cause de la rouille et des saletés. Il enlève ses chaussures et son pantalon, le temps que les pastilles effervescentes se désagrègent, ôte son caleçon. Il saisit le savon et le plonge dans le bac jaune, et soudain il entend le crissement des graviers à quelques mètres derrière lui. Il se retourne pour apercevoir trois des gamins habitués des lieux.

— Salut les gars, lance-t-il.

— Salut Javier ! Pas un peu d'eau pour nous ? Pas lavés depuis trois jours ! On pue comme ces saletés d'alpagas en rut ! répond Pedro, le plus âgé d'entre eux.

Javier les invite à faire leur toilette avec lui, dans le même bac jaune. Ils se dénudent tous les trois et se rassemblent.

— Belle journée, Javier, hein ?

— Belle journée, les gars, répond Javier en levant laborieusement la tête vers le ciel.

— Comment va la famille, Javier ?

— Plutôt bien, j'crois. Mes gosses me manquent pas mal.

— Ouais.

Leur toilette est presque finie. Le plus jeune s'accroupit et fait gicler des gerbes d'eau à la figure de Javier. Les deux autres éclatent de rire, et Javier aussi. Il fait mine de courir jusqu'au gosse, qui s'enfuit en riant. Pedro souhaite une bonne fin de journée à Javier, et l'invite à venir passer le début de soirée au bidonville.

— Et les ampoules, mon pote, qui va me les garder ?

Pedro tourne la tête vers les montagnes, puis baisse les yeux et sourit.

— T'as pas compris, depuis le temps, que personne en veut, de tes ampoules de merde, mon pote ?

Javier sourit à son tour, et prend lentement le chemin du retour, le bac jaune dans une main, la bouteille dans l'autre, la serviette mouillée autour du cou. Il remonte chez lui, ne descendra plus de la journée. Les ampoules à l'aube, la citerne à midi, les ampoules lorsque le soleil se couche. Une fois de temps en temps, le livreur en provisions, et Javier en profite pour discuter un peu. Pas grand-chose. Le temps s'étire, s'oublie grâce à l'alcool, au courage de ne pas y penser. Heureusement qu'il y a les gamins, maintenant.

Six ans qu'il les regarde pratiquer leur mulotage sur les routes ondulées de ce côté du panneau. Arrêter les voitures égarées et dénuder leurs conducteurs, voler les sacs de provisions sur les ânes des marchands ambulants. Il les a vus faire avec tant de zèle et d'habileté qu'il a fini par les respecter, les apprécier même. Il a enfin compris, leur quotidien n'est qu'un cycle naturel comme un autre, tel celui du renard qui chasse, des chinchillas qui fuient.

Un soir qu'il était ivre et tapait violemment des pieds et des poings contre les murs de sa cahute, pleurant et baragouinant des paroles insanes qui évoquaient la femme, Dieu et le chaos, les gamins l'avaient entendu et avaient décidé d'arrêter de lui faire peur. Ils étaient venus jusqu'au pied de la cabane et Pedro, qui avait alors quinze ou seize ans, avait crié :

— Oh, le gardien ! Descends ! On a de la gnôle, et des blagues à te raconter ! Descends !

Javier s'était calmé et avait ouvert sa porte. Il avait regardé en bas, avait aperçu une dizaine de mômes immobiles, la tête levée vers lui.

— Allez-vous faire foutre ! Sales petits cons !

Mais Pedro avait ri et répondu gentiment :

— Allez, fais pas ton fils de pute, le gardien ! Viens picoler avec nous !

Javier avait fini par descendre et s'asseoir avec eux au pied du panneau. Il avait bu leur liqueur volée, avait recraché, s'était habitué. Il avait écouté leurs blagues de gamins, puis leurs histoires d'enfants accomplissant sans fierté leur devoir naturel de survie. Ils avaient effacé les espoirs de leur tête.

Le soleil chute lourdement derrière les crêtes. Il s'efface dans une implosion flamboyante, fait gicler ce qui reste de sang aux montagnes, répand ce sang sur les nuages de pollution qui menacent La Paz, sur les maisons qui longent les versants, l'autoroute éclairée, les plaines désertées des éleveurs. Les lueurs rouges du couchant électrisent l'air d'une tension palpable. Les premiers cris d'excitation morbide se font entendre au loin. Les prostituées agressées, les enfants en fuite, les jeunes qui prennent le contrôle de la rue. Les lumières de la ville, jaunes, blanches, orange et vertes, absorbent le feu et la tension électrique à travers le brouillard grisâtre des fumées d'usines et des gaz d'échappement des voitures qui filent sur l'autoroute. Les nuages gris et les explosions de lueurs sanguines se mélangent et se rejettent, asphyxient les rives du Titicaca, enrobent d'un plasma argenté les avions qui décollent d'El Alto, les tours de béton, de verre et de pierre poreuse. La terre volcanique révèle les cicatrices brûlantes laissées par la journée passée, remue ses grains de poussière qui vont se mêler au feu dans de vastes élans de tournoiement.

De l'autre côté du panneau, l'obscurité règne déjà. Les gamins rejoignent en hâte le bidonville, traînant leurs trouvailles avec empressement. Un froid glacial se répand, suspendant la houle des hautes herbes, recouvrant les terres lointaines et sombres d'un voile blanchâtre. Tout commence à se recroqueviller sur soi, des hauts brins d'herbe aux vigognes étalées dans les plaines, des gamins qui se rassemblent et se collent dans leurs baraquements de tôle, aux lumières des villages qui s'étouffent. Les questions se soulèvent et se fanent, se décomposent en particules cendrées dispersées par le vent. Solitaires, les ombres glissent vers les cachettes, les abris, tapies dans le noir pour mendier un peu de sécurité.

Javier abaisse le levier. Il rétablit le lien. Il monte sur la rampe métallique et la suit jusqu'aux ampoules. Il peut sentir leur chaleur s'amplifier à mesure que les lueurs du brasier s'estompent derrière la cordillère. Il y a de rares instants où les barrières s'effritent. Il a mal lorsqu'il peut se voir. Corps confiné, sacrifié en barrage. Tellement en retard sur le système qu'il le dépasse. Son point de tension le maintient, l'empêche d'être lucide très longtemps.

Il respire un grand coup. Il est à la frontière des deux soleils. Il prend de la hauteur. Le gardien du passage.

De la route, dans les véhicules à la trajectoire rectiligne, les conducteurs qui lèvent la tête peuvent avoir, au coucher du soleil, la vision d'une forme spectrale qui cache une partie d'une enseigne publicitaire lumineuse. Ramassée sur elle-même comme le vautour immuable qui garde sa branche, protégeant son corps tordu de ses ailes asymétriques, cette ombre est étrangère à tout ce qui est humain. Les voitures passent.

Les herbes et les étoiles

Il y a les routes qui mènent de Land's End à John O'Groats. Le voyage mythique, la diagonale incertaine qui traverse l'île britannique du bord sud-ouest de l'Angleterre au bout nord-est de l'Écosse. Fergus imagine les cyclistes et les piétons quitter à la hâte le promontoire de Penwilth, emprunter les chemins de pierres et de béton jusqu'à Bristol, puis mettre le cap au nord vers les Lowlands d'Écosse. Les randonneurs passent par Gloucester sans doute, Birmingham pour les plus curieux, frôlent Leicester et pénètrent dans les landes du Yorkshire. Les heures s'écoulent à marcher, pédaler, sur les bandes de goudron ténues et serpentées. Elles font défiler les plats pays de terre inculte et de bruyères sauvages, l'incertitude qu'il y a au loin, derrière l'horizon épais et brumeux, une fin au voyage. Aucune hésitation jusqu'à Newcastle, seulement les pauses provoquées par la brûlure des ampoules aux pieds et le manque de souffle. Fergus ne connaît pas les Basses Terres, mais devine leur désir de traverser Édimbourg, puis de prendre la tangente jusqu'à Glasgow. Il souhaite qu'ils traversent le Perthshire et empruntent la route des Highlands, qu'ils éprouvent la même et douloureuse initiation vécue avec son père. S'abîmer les pieds sur les rochers et les pentes escarpées, s'embourber dans les marécages et les tourbières, entendre dans la crainte sourdre de la forêt le brame mystérieux du cerf en rut. Mériter enfin, après des heures de marche et d'ascension, la vision des eaux claires qui gisent au fond des vallées. Pour approcher le Loch Ness, les randonneurs filent vers l'est, découvrent Channel, puis North, suivent la côte jusqu'à Helmsdale, font une escale de deux jours pour retarder l'aube de la dernière ligne droite. Alors la végétation qui borde l'A99 se raréfie. Les buissons épineux débattent avec les nuages de mouches, de tipules, de moustiques excités par la mer qui gronde en contrebas. Le point de fuite est le pas suivant, le prochain coup de pédale. Fergus veut voir à travers leurs yeux le paysage plat, terne et calciné qui s'étend à perte de vue à gauche du macadam ; la terre des hommes rongée jusqu'aux vertèbres rocailleuses du sol, çà et là apparentes. De l'autre côté la mer, grise et épaisse, cogne contre les parois des falaises, et les cascades de pluie obstruent l'horizon, percent la surface dense de l'eau en milliers de gerbes, se rapprochent pour gratter un peu plus encore ce qui reste de terre. Qu'y a-t-il après avoir éprouvé l'indifférence de cette partie sauvage et affligée du monde ? Fergus croit que pour eux, les cyclistes et les piétons épuisés après la traversée de mille neuf cents kilomètres de pays, demeure la seule fierté d'avoir accompli le célèbre voyage d'une fin à une autre.

La voiture blanche s'éloignait dans les terres pour rejoindre l'A99. Moïra partait pour de bon. Fergus suivait des yeux le véhicule sur la route tracée à travers les champs. Des pointes perçaient son dos et sa poitrine, faisaient vriller les nerfs de sa cage thoracique. Les montées de sueur avaient trempé ses cheveux en quelques secondes. Fergus suivait seulement la voiture dans l'angoisse, le petit rectangle blanc qui filait vers cet endroit où le ciel noir et la terre se pressaient, quelques kilomètres plus loin, dans le dernier virage qui lui ferait prendre la route du Sud. Il la perdrait alors de vue, mais ne voulait pas tout à fait y croire. L'éclat blanc soudain s'effrita, puis s'évanouit. Fergus voulut crier pour que la voiture apparaisse de nouveau, il fut pris d'un vertige. Il venait de perdre des yeux, de perdre pour de bon, la femme de sa vie.

Ils s'étaient rencontrés à Perth, dans leur seizième année. Fergus était né à John O'Groats. Sa mère morte prématurément ne lui avait pas offert de frère, ni de sœur. Il avait arrêté d'étudier à dix ans, le jour où son père, chasseur, lui avait mis un calibre 12 dans les mains, et avait prononcé d'une voix solennelle, en caressant la platine : « Canons juxtaposés, percussion centrale, cinquante-cinq centimètres. Parfait pour le petit gibier. » Fergus avait suivi les gros doigts à la peau dure qui effleuraient les gravures représentant des arbres inconnus, l'inscription *Army and Navy* sur les chiens du fusil. Son père s'était agenouillé devant lui, avait posé une main sur son front.

Pendant quelques années, ils avaient sillonné les Highlands et le Perthshire. Fergus apprenait la patience et la précision dans les marais, les forêts, les prés et les vallées. Très vite il sut toucher les grouses sur les branches, il lui fallut plus de temps pour tirer les canards et les lièvres. Ce qu'il aimait par-dessus tout, c'était traquer les chevreuils et les cerfs dans la montagne. Attendre, toujours attendre derrière son père, le moment silencieux où l'animal s'était enfin assez éloigné pour qu'ils puissent suivre les empreintes de ses pas, les petites flaques de sang laissées sur la terre. Pendant la saison de la chasse, qui s'étalait selon le gibier d'avril à la fin mars, ils rentraient parfois à John O'Groats le soir, dormaient le plus souvent dans des auberges à Aberfeldy, Killin, Kirriemuir, Inverbervie, ou encore à Perth. C'est là que Fergus avait rencontré Moïra. Elle était lycéenne, et serveuse le soir dans l'auberge de ses parents. Au terme d'une journée épuisante passée à pister un cerf, son père et lui étaient entrés dans cette auberge de Perth. Ils s'étaient assis dans un coin sombre de la pièce, et Fergus l'avait aperçue. Elle posait trois choppes sur le comptoir, offrant un peu plus encore au regard le décolleté plongeant vers des seins dont l'ampleur l'avait instantanément impressionné. Il n'avait jamais vraiment connu de femmes, gardait très peu de souvenirs de sa mère, et son père ne fréquentait personne. Ainsi ce n'était pas l'amour, ou le coup de foudre qu'il avait ressenti en découvrant Moïra pour la première fois, derrière le comptoir de l'auberge, mais l'intense et première excitation éprouvée devant la poitrine d'une fille. Son père avait compris. Pendant tout le repas, il avait poussé son fils à lui parler, et Fergus s'était mis à trembler. Il rougissait et tournait la tête dès que leurs yeux se croisaient. Son père s'était finalement levé : « Je vais m'coucher, jeune homme. Tu montes pas dans la chambre tant qu'tu lui as pas décroché un mot. » Fergus était resté assis plus d'une demi-heure, n'osant même plus décoller la tête de son assiette à moitié pleine, l'imaginant desservir les tables. Il s'était enfin décidé, avait rougi une nouvelle fois en s'approchant du comptoir. Elle avait levé les yeux vers lui. Sans rien demander à son corps, il avait dit : « J'ai tué un cerf aujourd'hui. » Moïra avait posé son torchon, s'était détournée, avait commencé la vaisselle des choppes en l'accusant d'une voix calme : « Menteur. » Elle avait éclaté de rire.

C'était devenu un jeu, un contrat tacite entre le père et le fils pendant les mois qui suivirent. À la nuit tombée, une ou deux fois par semaine après la chasse, le père allumait une cigarette et essayait de ne pas sourire lorsqu'il marmonnait : « Je connais une p'tite auberge sympa où on pourrait passer la nuit. C'est pas loin, à Perth, une demi-heure en voiture, trois quarts d'heure à tout casser. » Rapidement, Fergus avait embrassé Moïra, dormi avec elle dans sa chambre. Il venait même la voir en bus en dehors des saisons de chasse.

Dans leur vingt et unième année, le père de Fergus mourut d'une crise cardiaque. Moïra et Fergus espéraient prendre un nouveau départ dans la petite maison de John O'Groats, mais le manque d'argent les empêchait de faire le grand saut. Moïra avait arrêté ses études après son bac, travaillait à plein temps dans l'auberge familiale, et Fergus, pendant la fermeture de la chasse, n'avait pas d'autre activité. Ils passèrent les deux mois qui suivirent dans un entre-deux : Fergus opérait des allers-retours entre Perth et son village pour régler les problèmes de succession, Moïra n'osait pas quitter le seul travail qu'elle avait. Fergus apprit finalement que la vieille Paterson, guichetière de la poste de John O'Groats, prenait sa retraite. Moïra accepta de la remplacer, et après quelques préparatifs, ils s'installèrent dans le foyer paternel du bout de l'Écosse.

Pendant les absences de Fergus, Moïra se laissait envahir par l'ennui. Il n'y avait pas grand-chose à faire au village, un bar désert, quelques habitants effacés aux expressions discrètes, aux gestes laconiques. Elle se murait dans le mutisme qui gouvernait les relations humaines, mais elle n'en connaissait pas les règles et les nuances, se sentait exclue. Son sentiment de solitude commença à la ronger quand elle reçut, à la poste, les premiers mandats en provenance de Glasgow. Un vieil homme du nom de Kirk Carty, qu'elle connaissait mal, venait chercher l'argent une fois par mois. Elle apprit vite que c'était le fils de Kirk, parti faire carrière en ville, qui donnait un coup de pouce à ses parents. Et l'inscription légèrement atténuée du tampon sur les mandats, « Glasgow », qui l'intriguait, finit par l'obséder. Elle posait de plus en plus de questions à Kirk lorsqu'il venait, sur son fils, sur la ville. Y avait-il beaucoup de jeunes ? Y trouvait-on facilement du travail ? Et les cafés ? Elle voulait entendre parler des cafés… Et des restaurants, des concerts, des expositions, des boîtes de nuit. Certains mots résonnaient dans sa tête comme des promesses et la bouleversaient. Appartements, artistes, boulevards, codes d'entrée, restaurants japonais, monuments. Tout y avait l'air plus grand, et plus petit à la fois. Plus en accord avec la vie humaine, mêlant l'anonymat à l'intimité, le silence aux mille bruits et folies de la ville. Moïra se mit alors à rêver d'ailleurs sans le vouloir, de paysages urbains et de foule. La possibilité d'un nouvel espace se modelait. Il y régnait une infinie liberté.

Un jour elle avait dit à Fergus : « Le vieux Carty m'a dit que Glasgow est en pleine croissance… Il y a plein de taf en ce moment, là-bas. C'est une ville qui bouge, pleine de jeunes. » Mais Fergus n'avait pas voulu entendre. Une peur indéchiffrable l'empêchait de vivre une autre vie. Tout s'entremêlait et il ignorait si c'était à cause de sa mère ou de son père, ne savait plus s'il avait réussi un temps à cloisonner l'amour de Moïra dans ce coin du monde ou s'il avait voulu refaire l'histoire, seulement qu'il avait peur, terriblement peur. Une question tournait en boucle dans sa tête : et si elle le lâchait ? Et si, à Glasgow, parmi les jeunes et la foule, emportée dans la vague de la vie urbaine qui l'obsédait, elle réalisait qu'il n'était pas l'homme de sa vie ? Il n'avait jamais réussi à voir dans l'amour qu'un risque mortel, qu'il avait sans doute réussi à étouffer en enracinant leur couple dans sa terre natale. Mais sa peur avait rendu l'interrogation prophétique. Moïra était devenue de plus en plus insistante, essayait quotidiennement de le convaincre qu'ils seraient mieux à Glasgow, que la vraie vie les y attendait. La seule véritable image qu'elle avait de la ville était l'inscription à l'encre atténuée, mais cette image ne la quittait plus. Elle se mettait parfois à pleurer, entrait dans d'intenses crises de colère : « C'est le moment où jamais, putain ! On est encore jeunes ! » Il lui répondait sans cesse qu'elle était obsédée par cette ville, qu'ils trouvaient ici tout ce dont ils avaient besoin. Alors elle s'était éloignée, arrachée à cette terre et à son amour. Elle avait fait ses valises. Les valises étaient restées trois semaines dans l'entrée, jusqu'au jour où elle avait eu le courage de les charger dans sa voiture blanche. Ils avaient vingt-sept ans.

Debout sur la route, ses cheveux trempés glaçant son crâne, Fergus s'était senti seul pour la première fois de sa vie, abandonné. Il avait songé à aller au bar voir Ducan, mais il ne voulait pas parler, ni boire. Et puis il avait pensé au pasteur du village, qui l'avait vu naître, qu'il allait voir avec son père deux fois par mois depuis sa naissance, une fois par semaine avec Moïra depuis le décès de son père. Il avait tissé avec le vieil homme les liens invincibles, sanguins, indescriptibles du silence. Les mots n'étaient plus nécessaires pour que le pasteur le comprenne. Il faudrait lui rendre visite dans la petite église noire sur la falaise, affronter son regard sombre et pénétrant, comprimé par les rides du front et les pommettes osseuses, la grimace déçue, réprobatrice de son visage émacié.

« Il y a les routes qui mènent de Land's End à notre village », avait commencé le pasteur dans la minuscule arrière-salle de l'église, par un après-midi pluvieux de fin février, presque une semaine après le départ de Moïra. L'air était glacial et les paroles du vieil homme se muaient, à peine échappées de sa bouche, en de petits nuages de fumée éphémère. Il avait joint ses mains, baissé la tête, croisé les jambes pour adopter une posture plus grave. Et le tissu autrefois soyeux de sa robe noire était remonté le long de ses tibias, s'était ramassé en de nombreux plis informes à la moitié de ses cuisses, découvrant les genoux noueux, les jambes blanches et osseuses parcourues par quelques poils étouffés. Le vieil homme souriait, et Fergus n'osait pas le regarder. Quand il s'était assis en silence, après une semaine d'agonie sur le canapé du salon, que sa longue expiration avait confirmé au pasteur qu'elle était partie, il avait attendu le regard menaçant, les réprimandes et la déception paternelles, certainement pas le sourire qui creusait davantage son visage imberbe, multipliait les rides de sa peau élastique. Et encore moins l'évocation du fameux périple d'un bout à l'autre de l'île britannique. Il avait levé les yeux, et murmuré : « Quel est le rapport avec le départ de… » Alors le pasteur avait refermé son visage. Seul le bout de nez en trompette sortait de l'ombre. « Tu me laisses parler, jeune homme. » Puis les rides du front s'étaient peu à peu effacées, le sourire retracé. Il avait mentionné les touristes qui depuis toujours faisaient quelques semaines, quelques mois de voyage pour leur photo devant le panneau qui dominait la mer. Ce n'était pas leur bon vieux John O'Groats qu'ils venaient visiter… Qu'y avait-il à voir, à faire ici ? Le vieil homme hochait la tête de gauche à droite en plissant ses lèvres gercées. Depuis toujours, les randonneurs prenaient leur photo souvenir à peine arrivés, allaient au bar récupérer leur diplôme et se désaltérer le gosier. Puis ils filaient à Ducansby Head, où les pointes rocheuses jaillissant de l'eau servaient de perchoir aux oiseaux sauvages… « C'est pas nouveau ce que j'te raconte, hein ? » Fergus, l'air perdu, avait opiné en retour. Après un temps de silence, le pasteur avait balayé lentement la pièce d'un geste doux de la main. « Ma vieille église tombe en ruine… Le toit a été perforé par les tempêtes, mon autel est une estrade branlante, et mes pauvres prie-Dieu… » Fergus se concentrait pour éloigner Moïra de son esprit ; les doutes, les regrets. Le vieil homme s'était soudainement enthousiasmé. Il restait deux mois à Fergus avant l'ouverture de la chasse. Il pourrait faire profiter à leur vieux village de ce pèlerinage ! Organiser une quête sur la falaise, au pied du panneau. Il attendrait les cyclistes et les piétons, leur suggérerait quelques gestes charitables pour rénover l'église. Le pasteur avait posé une main sur le genou du jeune homme : « Dis-moi ce que t'en penses. » Fergus n'y comprenait plus rien. Il était venu épancher sa douleur, recevoir les coups nécessaires du jugement paternel. Il était venu parce qu'il se sentait seul. Il n'arrivait plus à vivre ici sans elle, et ne pouvait pas la rejoindre. Il l'imaginait avec d'autres hommes et cette pensée le torturait. Et le pasteur lui demandait d'organiser une quête. Il éprouvait une nausée craintive, se demandait si ce n'était pas une manière détournée, comme l'avait toujours fait son père, de le sanctionner. La colère était montée en lui, elle venait de loin. Il avait fixé le vieil homme droit dans les yeux. « À quoi tu joues, Blaine ? C'est vraiment tout c'que t'as à m'dire ? Une quête, une saloperie de quête ? À quoi tu joues, merde ! » Le pasteur avait levé une main squelettique mais puissante dans l'air. « Déjà, tu ne jures pas devant moi. Quand tu vas au bar te saouler avec ton pote Ducan, tu dis tous les gros mots qu'tu veux, mais quand t'es ici, tu ne jures pas. » Le vieil homme lisait en lui depuis toujours. Il savait que tout s'entremêlait dans sa tête, dans un jeu de cercle vicieux confondant les pourquoi et les conséquences, propulsant les fantasmes terribles dans la réalité. « Sois responsable de cette quête. »

Fergus avait réfléchi longuement, maîtrisé les vibrations douloureuses de ses tempes. Il n'aurait pas le courage de quitter son village et de la rejoindre à Glasgow… Pas non plus la force de laisser le temps filer en se saoulant, en se torturant avec les doutes, les regrets. Fallait-il se fondre, s'effacer dans le paysage cisaillé, noir et brumeux de la côte ? Il avait finalement accepté d'un signe de la tête. Il avait quitté la pièce minuscule, traversé l'église en piétinant la pierre polie et poussiéreuse, ne s'était retourné que parce que le pasteur l'avait rappelé, trottinant vers lui avec un costume d'ange qui avait servi aux anciennes célébrations. « Pour la quête, et pour le don d'toi. »

Fergus avait saisi le costume d'ange, était sorti de l'édifice en silence.

Il se lève, frotte le dos de sa main droite contre son aisselle gauche et le porte à son nez pour mesurer les dégâts. L'odeur est aigre, picote ses parois nasales. Bien trop de bière et de solitude. Il fait chauffer du café sur la plaque de sa kitchenette, profite du moment où il rêve encore debout pour s'imaginer qu'elle l'attend dans le lit, son corps brûlant mouillant les draps, son haleine forte de miel quand elle l'accueille en l'embrassant. Cela fait six jours qu'il a accepté la mission que lui a confiée le pasteur, autant de jours qu'il n'a pas osé enfiler le costume d'ange de la chorale presbytérienne, sortir de chez lui et attendre les pèlerins au pied du panneau. Il a passé le plus clair de ses journées assis dans le champ derrière la maison, et toutes les soirées au comptoir du bar de La Fin du Voyage, à se saouler avec Ducan.

Il veut que ce soit pour aujourd'hui, en ressent la nécessité. Passer le déguisement et marcher le long des routes goudronnées. Il ne peut pas continuer à vivre comme il le fait. Il faut aller s'asseoir sagement sur la falaise, derrière la pancarte en bois indiquant « Land's End » à plus de mille neuf cents kilomètres.

Il boit le café, et les premières gorgées ont du mal à infiltrer les espaces laissés par les glaires le long de son œsophage. Il renifle, se racle la gorge, laisse remonter les sécrétions visqueuses. Se lève et crache dans l'évier rouillé. Le costume d'ange est resté sur la chaise de l'entrée. Il le tâte, l'inspecte, le questionne. Une longue robe blanche dont le col officier couvre la totalité du cou. Et la deuxième pièce, massive. Deux cerceaux en métal, l'un plus petit que l'autre, tenus parallèlement entre eux par deux barres solides en fer séparées de quinze centimètres. Au croisement des barres et des anneaux, deux énormes ailes en plumes blanches se dressent et chutent à la verticale. Leurs rémiges, très échancrées, ont perdu de leur éclat, évoquent des broussailles indomptées. Fergus revêt la tunique blanche, puis il saisit la robe de fer et de plumes. Il la soulève jusqu'au plafond pour pouvoir l'enfiler, doit reprendre deux fois son équilibre tellement les ailes pèsent. Il abaisse le costume, le fait descendre lentement, puis passe dans le grand cerceau de métal, se contorsionne pour y faire pénétrer ses épaules et ses bras. Les barres dans son dos lui mordent les omoplates. La grande boucle de métal lui comprime les côtes à mesure qu'il s'échine à s'inclure. Il glisse bientôt la tête dans le petit anneau, qui vient peser lourdement sur les muscles des cervicales. À droite, à gauche, il peut maintenant voir deux gigantesques ailes s'élever dans son dos et retomber le long de ses flancs. Il se traîne jusqu'au miroir poussiéreux de la chambre. Le vent souffle fort dehors, les volets gris battent et cognent contre la pierre. Il se demande ce qu'elle penserait de son reflet blanc, de son regard effaré, ses joues creuses, des ombres qui dansent sur son visage. Elle n'aimerait pas sa barbe d'or, longue et suintante, ses cheveux épais et bouclés laissés à l'abandon, parsemés de quelques miettes de pain, qui tombent sur ses épaules. Elle insistait toujours pour qu'il se rase, elle l'aimait comme ça. Les joues nues, les lèvres dégagées, les cheveux propres, bouclés et scintillants. Elle détestait quand il perdait du poids pendant la chasse, le voulait robuste et bien en chair, à l'image du jour où elle l'avait rencontré. Il rit noir en pensant à la vision qu'il lui offrirait. Une forme barbouillée, amaigrie, un corps d'enfant enfermé dans un costume d'ange. Les volets frappent plus fort les murs et il sort de son égarement, fait quelques pas, colle son nez contre le verre glacé de la fenêtre. Le vent se déchaîne et courbe les quelques arbres. Au loin une branche est emportée par la rafale et va heurter le toit en tuile de la ferme des Culligham. Il doit incliner sa tête sur la gauche pour apercevoir un bout de mer qui s'élève et s'ouvre, aspire, se rabat sur elle-même en brisant les moutons. Les moustiques résistent frénétiquement à cette appétence, viennent s'échouer sur la vitre, et Fergus les chasse en tapotant le verre de son index. Il veut se laisser engloutir doucement par la puissance du vent et la voracité de la mer.

Il marche sur l'A836, qui s'éloigne de la côte, et pénètre dans les terres pour rejoindre l'A99. Les hauts brins d'herbes verts et gris se cambrent et s'agitent dans les champs, le murmure de leurs frottements est apaisant, évoque les longues minutes d'attente dans la traque des chevreuils. Passé la ferme noire des Odley, les courants d'air s'engouffrent sur la route, viennent s'insinuer à travers les plumes érodées de ses ailes d'ange et les animent. Fergus arrive à l'intersection, prend l'A99 à quarante-cinq degrés et remonte vers la côte. Il avance péniblement, les mouches en détresse fusent autour de lui. Et alors que les fils de Cormac le dépassent à vélo et se moquent de sa dégaine, il distingue le château qui se dessine sur la falaise derrière le parking, là où la route s'arrête en formant une boucle en cul d'aiguille et invite les touristes à reprendre leur chemin. Il aperçoit alors l'enseigne de bois plantée sur la muraille rocheuse qui surplombe le port, couverte de lichen et de hautes herbes, commence à la considérer comme la fin de son propre voyage.

Arrivé au panneau, il s'assoit face à la mer, tente de repérer les îles derrière les murs de pluie, se sent ridicule dans son déguisement. Les vagues se brisent sur les rochers noirs. L'île Storma est à peine visible, et Fergus, submergé, plie sous le poids des ailes. Les souffles froids soulèvent sa robe blanche, s'engouffrent en glaçant ses genoux, enrobent ses testicules qui se rétractent sur eux-mêmes. Il n'y a rien là, rien que les brins d'herbe gris qui s'agitent et claquent ses mollets, les ondées de pluie qui cachent, le froid qui dresse et comprime. Les averses se rapprochent, il n'y aura pas de touristes ce matin. Fergus décide d'aller déjeuner au bar de La Fin du Voyage. Au moment où il se lève, alors que les ailes tentent de le maintenir au sol, quelques rais de lumière ambrée, obliques, trouent les nuages noirs. Les traits révèlent des cercles de mer démontée, viennent flirter avec le bord de la falaise. Et le vent qui pousse violemment les nuages décale les trouées, anime les diagonales lumineuses comme autant de projecteurs sur la scène de la tempête. Un large rayon s'approche de Fergus, l'effleure à peine puis reprend la mer, gagne Storma en quelques secondes et revient vers lui. Il atteint le port et irradie les coques rousses des ferrys, déploie son filet nacré sur la roche grise et la végétation. Au moment où le jet solaire fouette sa tête et l'aveugle, Fergus croise les bras devant son visage et se retourne. La lumière progresse en s'éclatant sur les hautes herbes. Les pointes des brins polarisent chacune une poussière lumineuse, et Fergus assiste à la danse de ces légères fluorescences. Chaque herbe semble avoir accroché une étoile et la faire vibrer à cinquante centimètres de la roche. Il contemple sans pensée le paysage de ces mille bougies vacillantes. La lumière meurt soudain à ses pieds, et les pointes laiteuses s'évanouissent en cascades. Alors il se met à marcher lentement pour rejoindre le bar, à quelques dizaines de mètres.

Il déguste son sandwich au thon ; la terrasse offre une vue imprenable sur la mer et le brouillard d'ébène qui cache les Orcades. Quelques gorgées de Gordon réchauffent son labyrinthe intérieur tandis que la pluie devenue crachin atteint la basse parcelle de ciel au-dessus de sa tête. Il entre dans le bar et achète un paquet de Marlboro. Assis au comptoir, il doit poser ses bras sur le plan en bois car les ailes l'attirent en arrière. Il allume une cigarette et demande à Ducan de mettre la radio. Le refrain de *Poker Face* de Lady Gaga anime la pièce quelques secondes, puis Ducan trouve de la musique classique sur une autre onde et augmente le volume. Fergus se laisse bercer et violenter par les mouvements du piano, semblables au flux de la mer qui s'impatiente. Il s'abîme dans ces accords qui le blessent et le renvoient à sa tristesse comme il s'abîmerait dans la mer. Il se relève, marche vers la porte. Au niveau de l'embrasure, les courants d'air pénètrent en tourbillonnant dans la salle, agitent ses grandes ailes et le déséquilibrent.

La mélodie du piano devient soudain plus puissante, les courants d'air s'apaisent et Fergus voit émerger une harmonie au défilement des nuages noirs. Alors il la revoit, il y a quelques mois à peine.

Aucun espace ne peut la contenir quand elle fait semblant de gambader dans les champs. Elle tourne sur elle-même en regardant le ciel, feint d'être encore attachée à cette terre qui les éloigne. Elle y arrive encore un peu, à se faire croire dans le flou qu'il y a pour eux un avenir ici. Elle court parmi les herbes et attire Fergus dans sa chute. Elle chevauche son corps allongé, ôte son pull en laine et se défait de son soutien-gorge. Elle l'oblige à regarder ses seins laiteux et à lui dire qu'ils sont beaux. Fergus suit les veines pourpres. « Ils sont beaux. » Elle rit et lui demande de les embrasser. Il ne fait rien, elle insiste et il les embrasse, râpe son téton gauche avec sa langue sèche. Son cerveau grésille sous l'effet des stimulations, mais elle agrippe ses cheveux et plaque sa tête contre la terre. Elle ment lorsqu'elle se tourne vers la mer et qu'elle prononce froidement : « Tu sais bien que je n'aime pas que tu embrasses mes seins. » Alors il sait qu'elle recommence, et qu'elle va lui parler de partir.

Aujourd'hui il donnerait tout pour qu'elle lui mente encore. Il se demande si d'autres hommes, à Glasgow ou ailleurs, pourront voir ses seins, les embrasser, suivre du bout des doigts le cours des vaisseaux sanguins jusqu'à leur pointe, il imagine des scènes. Les nerfs à vif, il découvre l'espace au-dessus de la mer, son visage se crispe et se creuse. De faibles plaintes d'enfant, puis des cris, s'étouffent dans sa poitrine. Il pleure parce que Moïra lui manque et que la musique classique rend belle sa douleur. Il ne veut pas que sa douleur soit belle et se tourne vers Ducan pour lui demander de baisser le volume, mais il ne dit rien, car Ducan pleure aussi, assis derrière le comptoir, les yeux rivés au poste.

Il se rassoit au pied du panneau, fait abstraction des ondées humides qui viennent se coucher sur la roche, bouclent davantage ses cheveux et alourdissent ses ailes. La robe blanche, glacée, lui colle à la peau. Il allume une nouvelle cigarette, ne cherche plus l'horizon et les îles au-delà des ténèbres qui se confondent sur la mer. La cinquième bouffée pénètre son corps jusqu'aux intestins, remue les matières chaudes, lui donne envie de déféquer. Il écrase délicatement la cigarette contre le bois du panneau, place le mégot dans le creux humide du haut de son oreille droite, se lève et se dirige vers le chemin qui descend jusqu'au port. Il suit le sentier escarpé et boueux qui chute, puis, à l'endroit où le passage se divise et permet de rejoindre la jetée vers la droite, il remonte sur la gauche la sente qui mène à la latrine sur la butte. Il traverse une petite jungle de hautes fougères et de végétation épineuse, atteint la cabine aux lattes de bois rongées par les éclats d'eau salée. Gêné par l'ampleur de ses ailes, il entre avec difficulté dans la cabane étroite perchée sur les eaux déchaînées. Il referme la porte qui grince et s'accroupit au-dessus de la fosse en remontant la robe le long des cuisses. De la main gauche il abaisse son caleçon et le fait glisser vers ses genoux, tandis que l'autre main soutient la robe au niveau des reins. Il déniche son mégot trempé de son oreille, le rallume pour se donner envie, commence à faire. Attirées par le fumet, les mouches viennent frapper les parois de la cabine et s'infiltrent entre les lattes. Elles tournent autour de Fergus, se cognent et se rassemblent sur le pourtour de la fosse. Il se rend compte qu'il n'a rien prévu pour s'essuyer. Il réfléchit quelques secondes, puis soulève une jambe fléchie, lève l'autre pour libérer son caleçon. Il s'en sert pour se frotter, le plie en deux et s'essuie encore. Il pose le caleçon souillé dans un coin de la latrine, viendra le récupérer un autre jour.

Il traverse de nouveau la jungle grise et trempée, le bas de sa robe s'accroche dans les épines. Il se retourne pour l'en dégager, et découvre trois taches brunes qui maculent le tissu blanc au niveau des chevilles. Il tire sèchement sur la robe, qui se déchire un peu. Alors qu'il remonte le sentier qui mène à la falaise, il s'arrête et s'accroupit. Il soulève sa robe, examine les trois éclaboussures. Soudain il sait ce qu'elles lui évoquent ; sa première fois avec Moïra, les gouttes de sang qu'elle avait libérées, absorbées par le drap blanc. Elle était partie au lycée tôt, le lendemain, et il était resté toute la matinée, dans la petite chambre sous les toits de l'auberge, à contempler ces gouttes de sang séché sur le coton. Il reste accroupi sous la pluie à sonder les trois taches brunes, à les fouiller tellement fort qu'il ressent la chaleur et la transpiration de la peau de Moïra, son petit cri, au moment d'être pénétrée, et il pleure encore. Car les taches se sont superposées, confondues dans sa tête. Le rejet brun éclabousse le pacte rouge. Tout est gâché.

Avant de s'asseoir dans l'herbe, il caresse la pancarte et la gravure noircie qui indique Land's End, au loin. La tempête décline, la mer brisée essaie de se rassembler. Il ne pleut plus, et Fergus sent les plaques de sel croûter sur sa peau, la crisper en étouffant ses poils. Les ailes trempées sont lourdes, aussi lourdes que les muscles qui les soutiennent. Il s'allonge, épuisé, devant la mer et l'horizon perdu. Il n'attend plus de touristes, seulement les dernières attaques aériennes, frustrées, qui soulèvent sa robe et claquent son corps dénudé. Dos au sol il regarde le ciel noir puis ferme les yeux, s'assoupit un peu dans la pensée qu'il montre son sexe comprimé à la mer, que même son sexe veut s'y abîmer.

Il se souvient encore, elle est allongée sur le canapé du salon, elle ne regarde pas dehors la tempête qui fait rage mais fixe un point dans le vague pour lui faire comprendre qu'elle veut en parler. Il résiste deux heures puis cède, parce qu'il a l'impression que le silence l'éloigne plus encore que le refus. Il lui dit « parlons-en », elle : « De quoi ? Il faut juste qu'on se casse d'ici, il n'y a plus rien à dire. » Elle se lève brusquement. « Je vais faire mes valises, la balle est dans ton camp. » Elle dort sur le canapé du salon pendant trois semaines avant de partir, il a peur mais arrive quand même à se contrôler. Il s'est habitué à ne plus la toucher, à l'angoisse d'avoir un sexe qu'elle ne veut plus voir.

Son scrotum se rétracte un peu plus, s'atrophie en une petite coque dure et vide, au point que ses testicules s'en échappent et passent sous ses aines. Sans ébranlement, il laisse la mer trimbaler ses doutes, le soulager en l'asexuant. Et alors que la tempête meurt sur l'eau, qu'il offre son corps cassé à l'espace silencieux qui se tasse devant lui, il ne se sent ni homme ni dans l'au-delà, simplement l'intermédiaire de deux mondes, dépossédé.

Fergus s'endort, est réveillé par l'engourdissement de ses muscles dorsaux sur les barres de fer. Les nuages ne sont plus que de minces traînées roses qui dans le ciel dévalent. Ils filtrent et règlent des flots de lumière mordorée, révélant enfin les côtes écorchées des Orcades. Fergus s'assoit et contemple les filets lumineux qui ruissellent sur la falaise, s'insinuent entre les brins d'herbe et animent les ombres sur le quartz comme autant de peintures rupestres. Les ultimes expirations solaires raniment les pierres, ravivent les plaies, fouillées puis enfouies par le temps. Fergus veut rentrer chez lui, maintenant. Pour la première fois de sa vie, il est incapable d'éprouver les dernières tortures endurées par la terre avant le coucher du soleil. Il se lève lentement, puis commence à marcher vers le château. Alors qu'il arrive sur la boucle de bitume, la façade du bar est soudainement inondée par un rideau de lumière aux reflets rouges et verts. Fergus se retourne vers la mer, assiste à la décadence de l'astre, noir derrière les brouillards épais des pôles. Le ciel est scandé par les mêmes traces, vertes et rouges, qui se mêlent, se combattent, s'éteignent et se ravivent à d'autres endroits. Les herbes captent les faisceaux, les modulent encore en de petites sphères fluorescentes au-dessus de leurs pointes. Sans réfléchir, Fergus s'élance, court, divague sur la falaise entre les brins, déploie ses bras pour toucher les petites étoiles rouges et vertes à leur extrémité.

Le pasteur, à la fenêtre du clocher de l'église, distingue la silhouette blanche de l'ange qui galope, fouette les herbes en libérant des barbes de poussières rouges, vertes et grises, qui planent un instant. Il voit ces particules de couleur résister au vide, comme les doutes résistent au calme, puis s'effriter, et se poser en s'éteignant sur ses énormes ailes. Il sourit, car il sait que le spectacle qu'offre Fergus aurait affolé son père, puis il ferme les yeux, car il veut croire que les doutes peuvent se dissiper, et que Fergus a commencé sa quête.

Il a ôté son costume et examine, la tête tournée vers le miroir de la chambre, les hématomes pourpres qui soulignent ses omoplates et encadrent sa colonne. Il fait couler l'eau de la douche, attend qu'elle soit chaude et s'assoit en tailleur dans la cabine. Le jet masse son cuir chevelu, dissout progressivement les plaques de sel qui contractaient la peau de son visage, de ses épaules et de son torse. Ses testicules lui font mal sous ses aines, il pince son scrotum de ses deux mains, l'étire pour le dilater sous l'eau chaude. La peau se détend, la poche accueille de nouveau les deux organes. Il se revoit gambader et fouetter les étoiles à la cime des herbes, rêver en courant d'un monde meilleur, sans doute, un monde où il serait peut-être parti avec Moïra à Glasgow. Il cingle les boules lumineuses, ces apparitions colorées, dissout ces étrangetés qui ne renvoient qu'au doute, et il s'émeut, car il croit s'arracher tardivement à l'enfance. Fergus s'étouffe dans les vapeurs brûlantes, se demande simplement si à chaque brin d'herbe sur terre correspond une étoile dans le ciel.

Il est réveillé aux aurores, le lendemain, par le chant de parade du grand tétras des Culligham, ses raclements gutturaux. Son reflet l'attend sur le miroir : les cernes bleus se couchent sur les hautes lignes de sa barbe dorée. Il se reconnaît une seconde, peut-être un peu plus, en considérant les boucles épaisses de ses cheveux, puis la correspondance s'évanouit, et il ne sait plus ce qu'il était venu chercher. Il va décrocher le costume d'ange qui séchait dans la salle de bains, enfile la robe. Il n'a pas envie de passer son corps courbatu dans les cerceaux de métal mais il soulève quand même le costume, se contorsionne, glisse ses épaules dans le grand anneau. Le fer ronge sa peau, il quitte rapidement la maison car il a trop mal pour s'asseoir, décide d'aller boire son café chez Ducan. Il longe l'A836, entre dans l'arrière-pays. Les nuages son épars et filandreux, laissent couler des flots généreux de lumière, il fait beau. Fergus remonte l'A99, croise Cormac qui s'est levé tôt pour labourer son champ. Arrivé à la boucle, il s'arrête un instant devant le paysage morcelé des îles qui s'étale au loin, puis entre dans le bar. Il s'installe sur l'un des hauts tabourets, entend Ducan ranger les casseroles dans la cuisine. Le barman passe finalement la tête dans l'embrasure de la porte et sourit, il a l'air exténué. « Eh, Fergus ! Belle journée, hein ? J'en ai pour une seconde, sers-toi ce que tu veux. » Fergus se traîne derrière le comptoir, les épaules arquées pour contrebalancer le poids des ailes, lance un café long. « J'peux t'reprendre un paquet d'clopes ? M'en reste plus ! » crie-t-il vers la cuisine. « Fais comme chez toi. » Lorsque Ducan réapparaît, Fergus fume une cigarette, debout, sa tasse de café dans la main gauche, le regard perdu vers la porte ouverte. « Tu m'as pas raconté finalement hier ce que c'est que ce déguisement. » Fergus examine son ami un instant. Il s'égare sur ses traits marqués, la faible courbe de son petit nez, ses joues roses et rasées dont la peau tombe légèrement sur le large cou. « J't'expliquerai un autre jour, si tu veux bien », prononce-t-il finalement. « Comme tu l'sens », répond Ducan en lui tendant un cendrier. Fergus écrase la cigarette consumée et demande, d'une voix douce et lointaine : « Comment t'as fait quand elle nous a quittés, Kristin ? » Ducan garde le silence quelques secondes et sourit tristement. « Un aut' jour, peut-être, si tu veux bien… » Fergus acquiesce et pose une main sur son cœur. Ducan sourit plus largement, les yeux voilés par un rêve. Il tape dans ses mains, fait deux pas vers la machine à café. « J't'en fais un aut', hein ? » Fergus retourne au comptoir et se laisse bercer par les bruits du percolateur, les vapeurs qui s'échappent. Son ami pose une tasse fumante devant lui, trottine vers la chaîne hi-fi. « Qu'est-ce que tu dirais d'un bon p'tit Elvis ? »

Près de la pancarte, il allume une cigarette en fixant l'horizon et les Orcades. L'air froid joue avec sa nuque et les plumes de ses ailes et il se demande si c'est ce souffle, né de nulle part dans l'étendue infiniment béante du Nord, qui a fait vaciller les premières certitudes en Moïra, et qui remue les siennes à présent. Il la revoit assise sur la falaise, le vent anime ses cheveux blonds un instant, elle rit. Puis elle tourne la tête vers l'horizon, l'air grave, le vent ne soulève plus ses cheveux de la même façon, brise les mèches.

Il tire plus fort sur sa cigarette et l'écrase sur la terre humide, baisse son regard vers le port. Une mouette se tient sur le bout du ponton et scrute l'horizon en s'étirant le cou. Il ouvre les bras, l'un devant l'autre et fait mine de caler la crosse de son fusil contre son épaule et de viser l'oiseau. Mais deux autres mouettes viennent la rejoindre et l'encadrent en piaillant. Fergus les observe aligner leurs ailes grises le long de leur corps, se demande ce qu'elles attendent, immobiles. Il entend des claquements derrière lui et sursaute, quatre nouvelles mouettes frôlent sa tête et se posent sur le quai. Elles retrouvent les autres en se dandinant, se frottent entre elles, s'impatientent. Ces sept oiseaux lui évoquent les dizaines de touristes qui se pressent l'été sur ce quai, se collent, se doublent, se chamaillent en attendant le ferry. Il lève les yeux vers les îles, aperçoit un bateau à mi-chemin entre Sorma et le port. Une mouette prend son envol et file dans sa direction. Elle revient quelques minutes plus tard, reprend sa place sur le ponton et se met à sautiller. Ses six comparses sautillent à leur tour. Le bateau se rapproche, ralentit pour entrer dans le port. Une excitation électrique gagne le groupe d'oiseaux qui commencent à déployer leurs ailes, se regardent les unes après les autres, se mettent d'accord. Les mouettes s'envolent dans le même élan, prennent de la hauteur, puis fendent l'air en direction du pont du bateau. Fergus reconnaît alors l'embarcation, celle qui rapporte les poubelles de Storma sur le continent une fois par semaine. Les mouettes pincent de leur bec les énormes sacs noirs, s'engouffrent à la recherche de quelques déchets ménagers à becqueter. Il comprend, maintenant, qu'elles sont affamées et qu'elles se donnent rendez-vous une fois par semaine sur le ponton, à l'heure où le bateau à poubelles revient de l'île. Les eaux dangereuses leur interdisent la pêche ; les mouches qui errent ont le goût de la mort dans cette partie du monde. Fergus prend pitié de ces créatures qui picorent les restes de l'homme jusqu'à la moelle de plastique. Alors il pense pour la première fois qu'il vit aux confins de l'histoire, dans un espace et un temps qui ne connaissent d'autre moteur que le dépouillement. Sous ses grandes ailes de plumes, le fer mord sa peau et les souffles froids la transforment en poussière. Depuis qu'il est né, il voit sa terre se dégorger, se gangrener, et dans le même mouvement les hommes se dépouiller d'eux-mêmes. Ne restent que les doutes, qu'on étouffe ou qu'on prend pour enveloppe nouvelle, et le courage d'avoir confiance, peut-être, inspiré par cette terre qui souffre.

Après avoir amarré son embarcation au quai, le capitaine regagne sa cabine et fait sonner la corne de brume pour chasser les mouettes. Fergus le salue d'un geste suspendu de la main. Le marin, passé sur le pont, ne reconnaît personne dans cette silhouette insolite d'ange, et pour seule réponse, pointe un index vers la route. Fergus se retourne et discerne un groupe de randonneurs qui arrivent à la boucle et cherchent la pancarte ; les premiers touristes.

Il se lève et s'adosse au panneau. Les bras qui longent le corps se confondent aux ailes qui chutent. Les piétons s'arrêtent. Fergus les compte en silence, ils sont onze, semblent impressionnés par son costume. Il avance vers eux en ouvrant les bras, essaie de lever la voix lorsqu'il prononce avec timidité : « Bonjour, m'sieurs, dames, je suis l'ange du bout de l'Écosse. Je vous annonce la fin du voyage. » Les touristes, à une dizaine de mètres, n'esquissent pas le moindre mouvement. Seule une jeune fille aux cheveux hirsutes se rapproche de Fergus, tend son bras gauche pour caresser une de ses ailes. Il la laisse faire, tente à nouveau de dissoudre la gêne. « Une photo, peut-être ? » lance-t-il en mimant la prise de cliché. Alors lentement les touristes sortent leur appareil et s'avancent. Il les immortalise, un par un ou en groupes de deux, de trois, devant la flèche en bois qui prouve qu'ils ont parcouru les mille neuf cents kilomètres. Puis il leur montre le bar, où Ducan leur fera signer le registre et remplira leurs diplômes. Les randonneurs le remercient maladroitement et le quittent. Fergus fait un pas en avant : « N'auriez pas pitié de notre église en ruine ? Rien qu'un petit geste… » Gênés, ils s'empressent de sortir quelques pièces, un billet pour le plus généreux, de les poser rapidement dans les deux mains que Fergus a jointes en creux. « Merci, merci… », murmure-t-il en les regardant s'éloigner.

Il attend que les touristes se regroupent devant le bar et prennent la route de Ducansby Head pour rejoindre Ducan. Le barman lui dit d'un ton monotone : « Ils ont même pas cherché à savoir ce qu'il y a à faire dans l'coin. Seulement la route de l'Est… » Fergus hausse les épaules. Ducan lui sert une pression, et Fergus lui demande un sandwich au thon. « Je vais nous faire mieux que ça, mon pote. » Il s'éclipse en cuisine pendant que Fergus descend sa bière, revient dix minutes plus tard, un large plateau de bois entre les mains. Il le pose sur le comptoir et sert une autre pinte à Fergus, qui découvre le déjeuner : quatre larges blinis tartinés de crème fraîche, sur lesquels sont couchées des tranches de saumon fumé. « On fête quoi ? » Ducan pose la bière et gonfle ses joues pour faire mine qu'il réfléchit. « J'ai beau tout dérouler dans ma tête, mon pote, je vois pas trop bien ce qu'on pourrait fêter. » Fergus rit et fait glisser une tartine dans la paume de sa main. Le barman s'installe en face de lui. Ils engloutissent en silence leur blinis, se jettent un regard complice à l'entame du deuxième.

Ducan s'essuie la bouche avec une serviette en papier, empile les deux assiettes sur le plateau et débarrasse. Il revient de la cuisine avec deux verres à shot qu'il pose sur le comptoir. « On se fait un *dram music* ? » Fergus rit et opine de la tête. Ducan choisit quelques CD sur l'étagère au-dessus de la chaîne hi-fi. Il ouvre le lecteur et place un premier disque. Alors que les premiers accords retentissent dans la pièce, il repasse derrière le comptoir et remplit les deux petits verres de malt. « Facile ! lance Fergus, *By the sword*, Stockdale et Slash. » Il se met debout et commence à danser en chantant, les ailes s'ouvrent un peu alors qu'il tourne doucement sur lui-même. « *With the horses that you ride, and the feelings left inside.* » Ducan lui sourit et saisit un verre : « T'as gagné celle-là. » Il boit cul-sec, frappe le comptoir avec le verre, fait vibrer sa tête pour accuser le coup. Il va changer le CD. « Si tu trouves celle-là, je veux bien en boire trois d'un coup… » Fergus ne reconnaît pas le rythme blues de la guitare. « Aucune idée, Duc'. » « Ah, ah ! jubile l'autre, *Crossroads*, Robert Johnson ! » Fergus renifle le contenu de son dram, le porte à ses lèvres, lève la tête d'un coup sec, cogne le comptoir avec le verre, et continue de danser. Lynyrd Skynyrd, Dire Straits, Creedance Clearwater Revival, Stevie Ray Vaughn, les chansons s'enchaînent, les verres se vident et se remplissent. Une heure plus tard, les deux amis saouls sautent au milieu des tables. Oubliés, le jeu et les touristes qui marchent jusqu'au panneau, oubliés, les doutes et les rêves qui divaguent ensemble sur la falaise. Seuls comptent les hochements de tête, les mouvements de hanches, les blessures du corps qui expirent. Ducan s'assoit pour respirer, Fergus s'arrête en titubant et sonde avec insistance ses yeux noirs. Ducan remue les lèvres, et Fergus doit lire les mots sur ses mouvements de bouche car la musique couvre les paroles : « Je ne veux pas parler de Kristin… » Alors Fergus sent l'alcool et les larmes remonter le long de son œsophage. Il rêve d'une épée qui d'un coup pourrait briser la roche sur la falaise. Il se touche, il transpire, il transpirait beaucoup le jour où elle est partie, même s'il faisait très froid, lorsqu'elle finissait de remplir le coffre de la voiture. Il l'avait serrée dans ses bras très fort pour la casser. Il avait voulu hurler, la supplier de rester, s'éclater contre les parois solides de son départ. Et puis elle avait enclenché le contact et fait marche arrière. Au moment de réaliser un demi-tour pour rejoindre l'A99, elle avait baissé la vitre et chuchoté. Il avait dû lire sur ses lèvres, mais il ne serait jamais sûr de ce qu'elle avait prononcé. Il tâte son front trempé, sent des effluves de sang chaud battre contre ses tempes, il pense, chancelle, hurle sans le vouloir par-dessus la musique : « Elle en avait marre, de cette vie de merde ! » Il voit Ducan se tasser sur lui-même, recueillir sa tête dans ses deux mains, s'écrouler. Il se demande ce que pensait Kristin de cette vie sur son dernier lit d'hôpital à Édimbourg. Il s'approche du barman, redresse sa tête doucement, colle son front brûlant contre le sien et l'enlace. La musique ressert cette embrassade, et Fergus résiste à l'emprise de l'alcool, agrippe les mains de son ami, les pose sur ses ailes d'ange, les lui fait caresser pour l'apaiser. Quelques minutes plus tard, Ducan parvient à articuler « laisse-moi seul ». Alors Fergus sourit et se détache, quitte le bar en titubant sur les accords du saxophone de *Us and Them* des Pink Floyd.

Il s'étale saoul dans les herbes, la mer ne tangue plus mais tourne ; à en mourir, il rêve d'un jamais. Il quitte son corps, s'envole et chute à pic, va transposer son vertige au pied de la falaise. Il revient s'incarner, se décale de nouveau et prend de la hauteur, se désintègre et possède l'espace. Il est la pierre qui garde les cris de la mémoire. Il est la mer qui brise la pierre et qui s'infiltre, porteuse de confiance ; le vent qui dépouille, et veille sur la sincérité. Il veut être l'étendue entre les brins d'herbe et les étoiles, sincèrement dépossédé, arrêter d'être l'homme et pénétrer le secret de l'ange. Accepter d'incarner le doute et la peur de l'incertitude, puis transformer ce moment en confiance, et croire qu'il pourra, un jour, la rejoindre à Glasgow. Il s'évanouit.

À peine conscient, il se souvient. Ils ont dix-huit ans et sont dans l'auberge de Perth. Il l'aide à faire la vaisselle derrière le comptoir, et l'embrasse. Ils s'embrassent tout en lavant, les langues se croisent alors qu'ils rient et que Fergus casse un verre. Il y a l'humour invincible de leur amour, le risque et l'insouciance. Il y a quelque chose comme la certitude que ça ne peut pas s'arrêter là.

Les touristes passent près de l'ange ivre, intrigués par la figure déchue, s'éloignent vers

Ducansby Head, où les aiguilles rocheuses servent de perchoirs aux oiseaux.

Les giclées d'étoiles résistent encore au vide, ne s'effacent pas tout à fait, Fergus les voit, maintenant. Il les sent vivre en lui, l'empêcher de prendre des décisions, mais il les accepte. Il veut laisser passer un peu de temps, au pied du panneau, et attendre le moment où elles se dissiperont.

Il y a la fin du voyage et l'arrivée des touristes à John O'Groats. Après trente kilomètres de marche monotone le long du tarmac, le village apparaît derrière la fumée au-delà de la crête de Warth Hill. À cette distance, la terre côtière apparaît comme une juxtaposition de champs, une pauvre collection de bibelots émiettés, et cette impression perdure à mesure que les touristes se rapprochent. Les maisons et les fermes noires semblent avoir été disposées par hasard dans les prairies, victimes d'un lancé de dés qui les aurait fait rouler sur elles-mêmes puis s'arrêter en tremblant. Les touristes montent encore l'A99, passent devant la poste sans la reconnaître, exténués. Ils aperçoivent le château, dépassent le bras qui mène aux boutiques sur la gauche, arrivent à la boucle qui les fera revenir sur leurs pas. Ils quittent alors le bitume et foulent les herbes humides. Ils contournent le château et distinguent le grand panneau à une trentaine de mètres. Une silhouette blanche est assise au pied de l'édifice en bois, le visage lové entre les paumes de ses mains. Ses cheveux d'or scintillent et flottent autour de sa tête. La forme se lève pour saluer l'arrivée des randonneurs. L'ange déploie deux énormes ailes aux pointes irisées, les touristes s'immobilisent. D'un geste doux de la main, il les invite à se rapprocher. Lentement, les randonneurs tâtonnent le sol et le rejoignent. La main caresse le paysage vibrant des hauts brins. Fergus annonce d'une voix délicate : « Bienvenue… Bienvenue où l'homme doit s'arrêter. Là où commence le secret. »

L'ÉCHAPPÉE

La serviette bleue enroulée autour de ses hanches, Georges devine son reflet dans le miroir embué de la salle de bains. L'air s'infiltre dans la pièce, les condensations s'évaporent et dévoilent son corps sur la glace fumée. Il est soudain impressionné par la quantité de taches de vieillesse qui maculent ses épaules et ses bras, son torse, son visage ridé et son crâne aux endroits que les cheveux ne couvrent plus. Il ne sait pas quoi penser de ces pigmentations brunes. Elles sont belles un instant, évoquent la peau de ses vingt ans parsemée de grains et de taches de rousseur. Pourtant Georges retombe rapidement dans la crainte, et l'émotion. Son corps éclaboussé par sa mélanine déréglée annonce la fin de quelque chose. Bien sûr, il rêve parfois de cet espace où il n'y a plus de solitude. Mais le seul moyen qu'il a d'être avec Julie, c'est de vivre encore un peu dans ses souvenirs. Ils ont moulé les uniques endroits où il a pu la sentir à ses côtés. Chaque jour il doit trouver celui qui lui permettra de la revoir distinctement, de la toucher, de l'entendre. Car les images du passé s'épuisent et s'effacent, et les taches brunes apparaissent. Il revoit parfois brièvement son visage, presque totalement, la forme de sa poitrine et la silhouette de ses mains, le reste lui échappe. Les décors imparfaits, les corps entremêlés à l'impossible, les sourires à redessiner. Les gestes de Julie lui reviennent. Les constructions floues s'éventent et se dissipent lorsqu'il veut en distiller la quintessence. Poings fermés elle frottait le dos de ses mains contre ses pommettes pour les faire rougir. Les jambes se croisaient et se déliaient sans cesse, la cheville gauche, souple, trimbalait toujours le pied d'un côté à l'autre quand elle était angoissée. La colonne se cambrait, dos au miroir, pour examiner ses fesses. Il y a la main qui vient s'écraser contre le visage honteux et fier d'avoir dit une bêtise, les bras croisés sur sa tête lorsqu'elle s'endormait devant la télévision. Georges voit les formes et les traits, les vecteurs des gestes, mais il ne sent rien, pas de mouvement ni de forme. Il doit continuer à fouiller le passé, dénicher dans les recoins sombres de sa tête le moindre moment dissimulé de leur vie. Car lorsqu'il n'y aura plus aucun lieu capable encore de les rassembler, il perdra toute sa consistance et son poids. Il ne pourra plus vivre, puisqu'il n'y aura plus rien à revivre, et ce n'est pas le moment de la mort qui l'effraie et le bouleverse alors qu'il contemple les marques sur sa peau, mais celui juste avant la mort où, sa mémoire s'éteignant, il sera séparé d'elle à jamais.

Il appuie avec insistance sur une touche du clavier pour réveiller l'ordinateur, les yeux rivés sur la liste de ses anciens amis qu'il a dressée la veille. César, son petit-fils, lui a appris comment les retrouver sur Facebook. Ils avaient déjà inscrit quelques noms ensemble, sans grand résultat. S'il pouvait retrouver des personnes qui ont ponctué leur existence, discuter du vieux temps avec eux, il trouverait de nouveaux décors où modéliser Julie. Il recherche un ancien collègue, rencontré à l'imprimerie de Melun. Il était assistant comptable, avait deux ou trois années de moins que lui. Ils avaient bien sympathisé à l'époque, puis s'étaient perdus de vue lorsqu'on avait proposé à Georges un poste de chef de projets éditoriaux dans une compagnie d'assurance parisienne. Gabrielle venait de naître, Julie s'était fait muter, tous trois étaient partis s'installer à quelques dizaines de kilomètres, à Paris. Une nouvelle vie les attendait.

Il tape le nom de son vieil ami. Deux patronymes correspondent, il ouvre le premier profil car il voit la photo d'un jeune homme sur le deuxième. Il comprend, en découvrant les renseignements dans la catégorie « infos », qu'il s'agit d'un ingénieur travaillant au Moyen-Orient pour une compagnie de gaz. Il ne se décourage pas, passe à la personne suivante sur sa liste, une collègue de Julie à l'époque où elle était encore institutrice. Aucun profil ne correspond à la recherche.

Lorsqu'il n'y a plus de noms à inscrire et qu'il n'a retrouvé personne, il éteint l'ordinateur et, désespéré, appelle Gabrielle. Elle confirme son passage en fin d'après-midi pour l'aider à commander ses courses sur Internet. Il lui dit qu'il a cherché des connaissances sur Facebook mais que ça ne fonctionne pas. « Mais c'est pas un truc pour les grands-pères, papa ! Il faut vraiment que tu te trouves une occupation… Tu peux pas rester toute la journée enfermé comme ça… » Il lui objecte qu'il va au café tous les jours. Ils en reparleront. C'est vrai qu'il ne sort plus beaucoup, de moins en moins depuis quelques années. Il en a souvent envie. Voir les gens se hâter sur les trottoirs ou traîner devant les vitrines, ressentir, dans le brouhaha de la rue, la présence de celle qu'il aime. Mais dans la crainte de n'éprouver qu'un mauvais simulacre des émotions qui l'habitaient autrefois, de sentir que sa quête de la mémoire est perdue, il n'a jamais le courage d'essayer.

Il est bientôt dix heures, il se prépare à descendre boire son café matinal. Il boutonne les manches de sa chemise grise, réajuste la ceinture sur son pantalon noir. Il glisse son portefeuille dans la poche intérieure de sa veste noire qu'il plie sur son bras, prend le trousseau de clés resté sur la serrure et quitte l'appartement.

Aucun nuage ne gâche le ciel bleu pâle. Les lions de pierre crachent dans la fontaine de la place Félix-Éboué, le soleil d'été fait ruisseler des étincelles blanches sur les jets d'eau. Georges va s'asseoir en terrasse de la brasserie Au Métro, juste en face du kiosque à journaux, sous l'auvent bordeaux déplié car il ne veut pas exposer son crâne au soleil. Jacques pose un allongé sur sa table, lui demande comment ça va, il fronce les sourcils en guise de réponse, le serveur rit doucement et s'éloigne. Il boit son café d'une traite, se balance d'avant en arrière, sa jambe gigote sous la table. Il voudrait être ailleurs, ne pas rester assis. Il la sent tellement s'éloigner… Il ouvre son portefeuille, en tire quelques pièces qu'il pose sur la table, se lève. Georges transpire beaucoup, mais la chaleur détend ses muscles et il marche avec moins de difficultés que d'habitude. Devant son immeuble, au tout début de la rue Taine, il s'essuie le front avant de taper le code.

L'ombre partielle de la cour, l'air frais qu'elle retient prisonnier rafraîchissent son cou et ses aisselles trempés. Légèrement étourdi, il s'arrête avant de tirer la porte qui ouvre sur l'ascenseur. Sa voisine Emma chante dans sa cuisine, des stores métalliques se relèvent, la voix diffuse d'un homme au téléphone s'amplifie. D'infinis petits bruits domestiques. Il s'avance pour quitter l'ombre, offre une nouvelle fois son crâne aux rayons solaires, et lorsqu'il se retourne pour remonter chez lui, il le voit. Laissé là, contre un mur de la cour, la roue avant calée par une pierre pour le maintenir en équilibre, un vélo de ville noir, sans attache. La liberté qu'il inspire excite d'un coup Georges. Il se souvient des balades à bicyclette à travers la campagne dans son enfance, d'un sentiment d'indépendance. Les femmes en sous-vêtements qu'il épiait dans l'ombre de l'escalier de la boutique de sa mère. Il lève la tête, pas un voisin aux fenêtres, seulement le chant d'Emma, l'homme au téléphone, les petits bruits, car la vie suit son chemin et personne ne sait qu'il se tient dans la cour avec une envie coupable. Cette sensation le grise et le rajeunit un instant, un bref instant qui lui suffit à s'approcher du vélo à pas de loup, à éprouver de nouveau ses tremblements d'enfant devant le corps nu des clientes de sa mère, le vent qui soulève ses longs cheveux alors qu'il fait défiler la campagne. Il ne pense pas une seule seconde à résister en atteignant le mur, pas plus qu'à son vieil âge. Il lève la tête une dernière fois et referme ses deux mains sur le guidon, le soulève doucement. Il fait rouler le vélo sans bruit jusqu'à la sortie de l'immeuble, ouvre la porte. Il inspire très fort, aveuglé par le soleil. Trois tentatives lui sont nécessaires pour passer sa jambe par-dessus la roue arrière et poser ses fesses sur la selle.

Au premier coup de pédale Georges est déséquilibré, obligé de poser son pied gauche sur le sol pour ne pas tomber. Soixante-seize ans, c'est de la folie. Mais son corps stimulé par la peur et l'excitation prend le contrôle. En ébullition sous son crâne qui ruisselle de gouttes de sueur, il repose le pied, pousse avec l'autre. Il n'arrive pas à aller droit, mais roule. Les gens doivent s'écarter sur son passage car l'engin divague sur le trottoir en légère pente.

Sur la place, il scrute les panneaux directionnels : la porte Dorée et le bois de Vincennes à droite, les promenades au zoo avec la petite Gabrielle et Julie le dimanche matin. Tout droit, de l'autre côté de la place, les hôpitaux Rothschild et Armand-Trousseau, à gauche la gare de Lyon et la Bastille. Il l'avait emmenée voir *Norma* à l'Opéra pour ses cinquante-cinq ans, il doit se décider vite, il regarde les autres panneaux une nouvelle fois, elle avait pleuré lors de la représentation, ils avaient fait l'amour lorsqu'ils étaient rentrés. La Bastille.

Sur l'avenue Daumesnil, certains passants se retournent sur le sillage en zigzag du vieil homme. Il ne sait pas qu'il doit emprunter le couloir de bus, descend la rue sur le trottoir. Il parvient enfin à rouler droit et gagne un peu en vitesse. L'air rafraîchit son front, les commissures de ses lèvres, il ferme les yeux un instant. Il frôle une piétonne, braque à droite, freine pour s'arrêter avant de percuter l'arbre. L'engin s'immobilise en dérapant sur les grilles noires. La femme l'insulte avant de reprendre son chemin, il met du temps à retrouver ses esprits. Ses mains moites glissent sur le guidon, ses pieds tremblent sur le sol, les muscles de ses cuisses le brûlent déjà. « Mais mince… Qu'est-ce que je fais… » Il pense à revenir chez lui, remettre le vélo à sa place, oublier cette tentative désespérée de faire vivre ce qui a déjà eu un terme. À gauche, les murs gris de la mairie, à droite, l'avenue disparaît au bout de son champ de vision. Il se perd dans les ombres dansantes des petites feuilles qui se frottent sur le bitume. Il ressasse tous les essais inachevés, inaboutis de faire émerger leur passé, les recherches décourageantes sur Facebook. Julie s'échappe et les journées rétrécissent, comme l'espoir de la sentir pleinement, de l'étreindre à nouveau. Les ombres lèchent le trottoir sale et il a envie de fondre en larmes. Sa tristesse révoltée l'empêche d'abandonner. Il enlève doucement sa veste, la plie et la dépose dans le panier, déboutonne le col de sa chemise blanche. Les piétons marchent, pressés, sans même le regarder. Il essaie de se calmer davantage en régulant sa respiration, pose un premier pied sur une pédale, un deuxième.

Georges dépasse le magasin rouge d'informatique dans lequel sa fille a acheté son ordinateur, il a compris qu'il faut emprunter les couloirs étroits, se concentre pour rouler droit. Il avait oublié qu'il ne pouvait pas voir la Bastille de là, qu'il fallait attendre le dernier virage, au niveau de l'avenue Ledru-Rollin. Encore trop préoccupé par sa conduite, il ne profite pas du décor qu'il déroule. Effrayé d'être arrêté lorsqu'il passe devant le commissariat, il accélère et sent ses muscles se durcir et atteindre leurs limites. Ce n'est qu'au croisement avec le boulevard Diderot qu'il fait une pause. Il monte alors sur le trottoir puis descend du vélo, le cale contre le banc et s'assoit en reprenant son souffle. Il masse ses cuisses, éponge son visage avec la manche de sa chemise. Il essaie d'apercevoir son reflet dans la large baie vitrée d'un atelier du Viaduc des Arts. Il n'est jamais rentré dans une de ces boutiques depuis la rénovation des voûtes. Il lève la tête et suit la courbe de la promenade plantée qu'il devine derrière les fleurs et les touffes de feuilles. Quelque chose en lui, les légères démangeaisons d'une histoire, se réveille. Il ferme les yeux et fouille sa mémoire. Les arcades sombres et abandonnées, la voie déserte au-dessus expirent l'atmosphère des années soixante-dix. Une contraction au ventre le déconcentre soudain et dissout la première réminiscence. Il était venu avec ses parents, après la guerre, découvrir Paris. Il devait avoir dix, onze ans peut-être. Il se remémore les terrains vagues du douzième, tous ces immeubles en reconstruction, et le Viaduc, la ligne de Vincennes. Les locomotives passaient sur les voûtes en crachant leur vapeur. Il ne reconnaît pas son père dans la forme effacée du souvenir, ni sa mère, il ouvre les yeux et les lève pour faire apparaître la voie ferrée et les trains, mais les buissons de fleurs et de feuilles ne se laissent pas pénétrer. Et puis, il y a les flâneries avec Julie sur la promenade, au cours des dernières années, quand la maladie lui laissait encore un peu de répit. Les marches silencieuses où parfois une main se refermait un peu plus fort sur celle de l'autre, où il voulait emprisonner leur vie dans les quelques regards complices qu'ils s'échangeaient. Georges repasse quelques images qui l'apaisent un instant, mais s'épuise car rien ne s'anime, il n'y a pas de main qui se resserre sur la sienne, ouverte sur le banc.

Il veut quitter cet endroit, s'éloigner du viaduc et de la vitrine où il n'a pas trouvé son reflet.

Il se lève difficilement, ses muscles se sont un peu refroidis. Il porte le vélo jusqu'au couloir de circulation, il lui faut deux tentatives pour monter dessus. Il se sent vulnérable et panique lorsque le couloir s'élargit, accueille les bus et les taxis qui klaxonnent. Au feu, à cent mètres, c'est le commencement du long virage vers la Bastille, l'Opéra, un tournant vers une nouvelle chance, peut-être. Pourtant, lorsqu'il freine et attend que le feu passe au vert, il sent qu'il n'a pas le courage d'essayer. Il lui semble un instant, sacrifié aux rayons solaires qui cognent son crâne et aux suées qui l'aveuglent, qu'il n'y a plus rien à espérer, plus rien qui ne se laisse revivre. Dans l'appartement, sur l'ordinateur, dans tous les coups de fil passés, les voyages en solitaire, sur la Coulée verte ou à l'Opéra Bastille, il faillit à lui donner corps, et chaque échec le renvoie à son émotion. Lorsque le feu devient vert, il braque brusquement à gauche sur l'avenue Ledru-Rollin. Un automobiliste manque de le percuter et klaxonne plusieurs fois. Il ne veut pas voir la Bastille, seulement descendre vers les quais, ne plus rien chercher pour ne plus souffrir. Il pédale plus vite pour se soustraire au paysage urbain, les bâtiments et les formes s'étirent et sont aspirés vers l'arrière, le groupe de collégiens disparaît devant la boulangerie, les traces de lumière verte de l'enseigne de la pharmacie s'échappent et filent vers la colonne de Juillet. Il gravit la légère pente qui mène à la Seine presque en danseuse, passe le feu à l'orange et, à l'endroit du passage piéton qui marque le début du pont d'Austerlitz, monte sur le trottoir ténu pour marquer une pause. Il descend du vélo et le pousse sur le pont. À la moitié du chemin il s'arrête, à droite, de l'autre côté de la route, la Seine se divise en deux bras qui étreignent l'île de la Cité, plus loin l'île Saint-Louis. Il observe un instant les reflets dorés sur les murs sable des hôtels particuliers qui longent les berges, sur les tuiles de plomb de Notre-Dame. Il y a de l'histoire dans ce panorama de pierre et de reflets, mais Georges n'a jamais réussi à s'en émouvoir. Il préfère se retourner vers la gauche, là où le fleuve va disparaître dans une perspective d'usines, de tours et de cheminées fumantes, où la lumière éclate sur la rouille des bateaux transporteurs de matériaux de construction, et sur les grains de roche noire en tas sur les quais.

Il finit la traversée en roulant, décide rapidement de ne pas prolonger son tour en prenant à droite vers le cinquième arrondissement, mais de suivre les berges sur la gauche pour rentrer chez lui. La route pavée fait trembler la roue avant, son cœur bat très fort. Dans la descente il passe sous le Viaduc d'Austerlitz alors qu'un métro le traverse en vrombissant. Sans s'en rendre compte il prend à droite le passage qui suit le viaduc, entre dans la cour de la gare. Il roule sur les mirages de flaques et de veines d'huile qui jaspent le bitume neuf. Il s'arrête et lève la tête. La gare avale le métro blanc aux bandes vertes, à quelques mètres au-dessus de lui, à l'endroit où le viaduc pénètre la grande halle. Tandis qu'il observe le métro disparaître, l'acier laminé de la rampe s'assombrit brusquement, puis s'éclaire de nouveau, et il ressent la même contraction au ventre qu'engendrait le souvenir des voûtes désertes et sombres de la ligne de Vincennes. Un autre métro quitte la station et s'avance doucement sur la passerelle. Il atteint vite les quais, où les piliers de pierre marquent le début de la courbe des deux arcs qui dominent le fleuve. Le métro rapetisse et s'efface dans le virage du quai de la Râpée, et Georges sent monter en lui un étrange sentiment d'angoisse. Alors, il fait lentement revenir son regard vers la gare d'Austerlitz, au-dessus de sa tête. Il s'oublie dans les quelques symboles gravés dans l'acier, un poisson, une ancre, un trident, et tout à coup il sait.

Il ferme les yeux et restitue le décor de la gare en lui-même. Tout est plus sombre. Les trombes de pluie grise chutent sur le sol de la cour, qui n'est plus d'asphalte mais pavé. Il fait très froid et il a peur. Il se revoit. Il ne porte plus son pantalon de costume noir ni sa chemise blanche, mais un vieux jean et un imperméable vert. Il n'y a plus de vélo à ses côtés. Un métro passe au-dessus de lui en faisant crisser ses pneus, il redécouvre le train aux wagons vert, puis rouge, puis vert, des années soixante-dix. Sa peur s'intensifie, les gouttes de pluie explosent sur les symboles marins gravés dans l'acier, il est envahi par le vacarme des rames avalées par la grande halle. Il se rapproche des baies vitrées de la gare pour discerner son reflet, mais elles font dévaler des cascades d'eau opaques. Il ne tient plus en place, exténué. L'air ne nourrit pas ses poumons tellement il respire vite et fort, il veut s'écrouler sur les pavés et exploser comme les gouttes. La pluie drue le glace et lui griffe le visage, il ne regarde pas les citadins se hâter sous leur parapluie. Il entend soudain le sifflement derrière lui, au-dessus de la Seine, et il n'a pas besoin de se retourner car il sait, perdu au milieu de l'averse et de la danse des parapluies, son corps dégoulinant sur les pavés de la cour, que Julie est dans ce métro. Ils ont trente-deux ans et il va la laisser partir. À ce moment-là, Georges hésite à rouvrir les yeux pour revenir à la réalité. Il y a la douleur du souvenir et la douleur de l'instant. Il s'abandonne.

Julie est en dépression depuis plus d'un an. Égarée aux confins d'un enfer qu'il ignore, elle s'est abîmée, éloignée pour de bon. Les portes de la gare s'ouvrent et une nuée de passagers s'en échappe, les parapluies se développent, les capuches recouvrent des têtes, il la cherche. Il a plongé en territoire inconnu, maîtrisé les crises violentes, refoulé ses propres angoisses, dissimulé ses larmes, a tendu des milliers de bras qui n'ont rien saisi. Il tremble de plus en plus et se frotte la poitrine pour se réchauffer. Il s'avance à travers la foule, on le bouscule, il ne la voit pas. Les multiples séjours en hôpital, les mutilations, le venin qu'elle lui crachait au visage devant la petite Gabrielle, tout lui revient en mémoire. Les rares instants où dans le lit elle recouvrait un peu de lucidité et l'enlaçait après s'être battue. « Je suis un monstre. » Les marchés démentiels qu'il était obligé de passer avec elle pour la garder. Les hommes qu'il lui a laissé voir, toutes ces fois où elle le forçait à la gifler. Il n'en peut plus, elle le sait, tout comme elle sait devoir partir, pour le mal qu'elle commet et le mal qu'elle ressent. Il n'a plus d'énergie à sacrifier pour elle, plus de folies à lui promettre, car la dernière qu'il lui a accordée, c'est leurs adieux dans la cour de la gare d'Austerlitz, et une nouvelle vie chez son frère, à Toulouse.

Mais il ne peut la perdre définitivement. Il court à en perdre haleine dans les couloirs, prend l'escalier à sa gauche et saute les marches quatre à quatre. Le quai se dessine, il la voit au bout de la perspective. Julie est assise sur le banc en bois, la tête baissée, cachée par ses cheveux blonds, secs et épais. Il ne distingue que son manteau bleu, sa chevelure en cascade, ses mains crispées sur les deux valises grises. Il marche lentement vers elle, effrayé qu'elle s'enfuie en le voyant. Il arrive à la moitié du quai, elle lève la tête et d'un geste brusque de sa main aux doigts toujours contractés relève ses cheveux. Les cernes noirs toujours, qui mangent les yeux, les lèvres blanches marquées par les morsures. Dans ses yeux qui l'observent, il n'y a plus que la certitude du vide, et celle du départ. Georges s'arrête devant elle, tend un bras vers son épaule, n'a pas besoin qu'elle le repousse, le bras chute avant de l'avoir touchée. Il ne connaît plus les forces qui l'animent. Julie se redresse doucement, et soulève une à une les deux valises. La déchirure le surprend et le choque. Il n'avait pas encore éprouvé à ce point le sentiment de la perdre. Son corps entier bascule vers l'avant, il bloque les bras de sa femme.

— Tu ne partiras pas.

Alors elle laisse tomber les bagages, relève une nouvelle fois la mèche drue qui lui couvre une partie du visage.

— Tu ne peux pas tout effacer, Georges…, souffle-t-elle. Tu voudrais effacer les choses, mais tu ne peux pas.

Il n'arrive pas à rassembler ses pensées, ne trouve rien à répondre, il lui a déjà tout donné.

— Lâche-moi, maintenant, s'il te plaît.

Il se met lentement à pleurer, ses mains ne lâchent rien sur les bras de sa femme.

— Oh, non, Julie… S'il te plaît… Je vais mourir si tu t'en vas…

Elle lève les yeux vers lui. Une faible lueur de peine tremble dans ses pupilles, mais elle referme son visage.

— Regarde-toi… On ne peut pas aller plus loin.

Les mots et les gestes sont morts, les blessures volontaires ont fini d'envelopper ce qu'ils contenaient un jour. Une minute passe, les mains desserrent leur emprise sur les bras. Julie se baisse et saisit les poignées des valises, se redresse en expirant. Il sent son haleine et s'y accroche. Elle commence à marcher, il voit sa hanche se déboîter pour supporter le poids des bagages. Elle disparaît dans les escaliers, au bout du quai, il n'arrive plus à respirer, ses vêtements trempés l'étouffent. Il se met à courir pour la rattraper une dernière fois avant qu'elle ne prenne son train. Le quai défile, un métro entre dans la halle, un jet de lumière l'aveugle.

Georges ouvre les yeux, ses bras le maintiennent en équilibre sur le guidon du vélo. Sa chemise blanche est trempée, il tremble sous le soleil d'été. Il lève la tête, l'acier du viaduc brille, il peut voir son reflet de loin dans la baie vitrée de la gare, il a soixante-seize ans. Il se sent faible mais veut quitter la cour, aller se reposer ailleurs. Il pousse le vélo, sort de la gare et traverse la grande rue. Il s'assoit sur le quai de pierre mousseuse, tout près d'une petite rampe métallique qui mène à une péniche, après avoir allongé le vélo près de lui. Il se perd dans les reflets d'argent de la Seine, les lumières éclatées sur la rouille. Elle était partie. Il ne s'en était pas souvenu depuis bien longtemps.

Il avait couru sur le quai mais n'avait pas trouvé sa silhouette à travers les vitres des wagons. Le train avait lentement quitté la gare. La rotation des roues sur les rails, s'accélérant, lui avait criblé le cœur. La déchirure avait rendu contagieuse la folie de sa femme, l'avait fragmenté, extrait à lui-même. Les images suivantes s'assombrissent, il traverse les boyaux noirs et blancs des escaliers et couloirs de son immeuble. La babysitter dans la confidence s'éclipse, maman est partie en vacances. Elle a besoin de se reposer. Les mensonges à Gabrielle s'incarnent dans l'enfer des après-midi au parc, les couleurs pâles des manèges, la butte des lions indolents, la montagne en carton des singes au zoo de Vincennes, la nuit angoissante des salles de cinéma. La nuit terrible, toutes les nuits, car la petite dort et il ne peut plus dire que sa femme a seulement besoin de repos. En congé maladie, il laisse passer les jours, ne pense presque plus, tout converge vers la perte. L'attente devant l'école, à quatre heures, le brise. Il va faire semblant d'écouter sa fille, mentir, regarder ailleurs. La convergence est totale, son égoïsme sans issue, il néglige Gabrielle, est affligé de ne pas parvenir à s'en vouloir.

Les jours passent, la petite va réveiller son amour et sa culpabilité. Un soir, ivre, il croit jouer avec les ténèbres du salon en baladant sa main dans l'air. Une souris en couinant le tire de son délire. Il sursaute, il faut qu'il la tue. Il titube, s'approche des petits cris aigus, s'arrête net. La décharge d'électricité dans sa poitrine le choque, il fond en larmes : il n'y a pas de souris, Gabrielle étouffe ses sanglots contre son oreiller. Il écrase son visage contre la porte de la chambre. Il n'a pas besoin de plus d'une minute pour entrer dans la pièce, prendre sa fille dans ses bras et la porter jusque dans l'entrée. Sa tête accepte les flux de lucidité, il rassemble quelques affaires, prend les clés de la voiture sur le vaisselier. À genoux devant Gabrielle, il la regarde dans les yeux. « On va la ramener. C'est fini, maintenant. »

Julie avait beaucoup pleuré, son frère aussi, en les laissant entrer dans la maison, exténués après plusieurs heures de route. La fillette s'était collée à sa mère sans un mot, puis son oncle l'avait emmenée en ville. Georges et Julie étaient restés seuls, attablés dans la cuisine. Il se souvient, maintenant, il peut la voir un peu. Elle n'arrête pas vraiment de pleurer, mais dans ses larmes il y a du soulagement. Elle a l'air mieux, reposée. Elle fume beaucoup en l'écoutant raconter les histoires d'école de Gabrielle dont il se souvient. Elle se ronge les ongles. Georges reste statique, a peur de sauter, et lorsque la main s'élève, que les doigts fins se plient et s'alignent en peigne, puis redessinent la raie dans les cheveux blonds et secs, il réalise que c'est sa femme et qu'il n'y a pas d'autre vie. Il essaie de contenir son émotion en prononçant « je ne peux pas apprendre ». Les mots sont humides. « Apprendre quoi ? » Sa femme s'est avancée maladroitement en posant la question, elle a peur aussi. Sa gorge se resserre sur les paroles mais George arrive quand même à le dire. « Je ne peux pas apprendre à te perdre. » Elle pleure intensément, la tête recueillie dans ses mains, elle expire, « je t'aime ».

Ils sont repartis ensemble quelques jours plus tard. Julie a accepté d'entrer en clinique pour un temps. Georges et Gabrielle lui rendaient visite tous les jours après l'école. Il y a eu d'autres crises, moins importantes. Les phobies qu'elle avait développées en quittant sa dépression, les chemins qu'elle ne voulait pas emprunter, la veilleuse pour dormir, l'angoisse de la foule. En solitaire, Georges essayait d'apaiser ses blessures, le temps jouait son rôle. Il resterait multiple, fragmenté, il y aurait toujours ce gouffre en lui-même qu'il ne faudrait pas approcher. Mais vivre à ses côtés, avec leur fille, valait le coup qu'il se méconnaisse un peu. Elle n'est jamais repartie.

Il a voulu ne garder que les bons souvenirs, tamiser sa mémoire après le décès de Julie. Il était sans doute passé à côté de leur histoire. Il se concentre sur son visage qui, dans la cuisine de la maison de Toulouse, pour la première fois depuis un an, est lumineux. La vision se dissipe peu à peu, et s'efface totalement une minute plus tard.

Georges est assis sur le quai et ses muscles alourdis maintiennent son corps au sol. Il y a les efforts consentis sur le vélo. Mais peut-être aussi le poids du souvenir, qui lui redonne de la consistance et repousse – il sourit – le moment juste avant la mort.

Remerciements

Je souhaiterais remercier Claire Maupas, journaliste à *Courrier international*, de m'avoir chaleureusement accueilli. C'est la lecture, dans sa rubrique « Insolites », de l'article de Macarena Gallo, « *El hombre que vive en un aviso* », paru dans le journal *The Clinic*, qui m'a donné l'envie d'écrire la nouvelle « Deux soleils ».

Je voudrais également remercier Karina Hocine pour son enthousiasme et pour la confiance qu'elle m'accorde, et exprimer ma profonde reconnaissance à Caroline Laurent, pour son soutien, son travail de relecture et son intelligence du texte.

J'ai une pensée pour mes grands-mères, mes amis, la famille Dulac, Olivier et Clélia, et une plus particulière pour mes sœurs, Marie et Sophie, et pour ma Julie.

IMPRESSION : CPI BRODARD ET TAUPIN À LA FLÈCHE
DÉPÔT LÉGAL : JANVIER 2012. N° 108908 (70714)
IMPRIMÉ EN FRANCE